光文社文庫

犯人のいない殺人の夜

新装版

東野圭吾

光　文　社

目次

小さな故意の物語

1

達也《たつや》が死んだ。枯葉のように、屋上からひらひら落ちて死んだ。放課後、俺が馬鹿みたいにサッカーボールを追いかけている間の出来事だった。

「何か声がしたなと思ったらさ、突然人が降ってきたんだ。すごい音がしてさ、俺、何が起きたのか一瞬わからなかった」

田村《たむら》という級友は、こういう言い方でその悲報を伝えた。田村は数多い目撃者のひとりだったのだ。

達也が落ちた校舎の脇は、黒山の人だかりだった。救急車が一台停まっているのが見える。俺は人をかきわけて前のほうに進み出た。達也の身体が担架《たんか》で運ばれているところだった。白い布がかぶせてあるのを見て、なんだか無性に腹がたった。

「達也っ」

俺は駆けよろうとした。達也の顔が見たかった。顔を見て、「何だ、元気じゃないか」と、笑いとばしたかった。

だがそのとき、誰かが強い力で俺の腕を摑《つか》んだ。俺は睨《にら》むようにその主を見た。それは俺達の担任のイモこと井本《いもと》だった。

「うろたえるな」

静かな口調で井本は言った。だがその声は、まるでどやしつけられたときのように心に響いて、俺は一歩も動けなくなった。

そのとき、まわりで「わっ」というどよめきが起こった。担架に乗せられた達也の右腕がぶらりと垂れ下がったのだ。その腕はマネキンを思わせるように細く、不自然な形に曲がっていた。

「気持ちわりぃー」

そばにいた軟弱そうな奴が小声で言った。俺はその野郎の襟首《えりくび》を摑んだが、「やめろ」とまたしても井本にひき止められた。

達也を乗せた救急車が去った後、所轄の警察官が何やら調べ始めた。目撃した何人かの生徒からも話を聞いているようだった。俺はヤジ馬の中から田村の姿を見つけだすと、近づいていった。

「おまえは事情聴取されないのか」

俺が訊《き》くと田村は不服そうに口をとがらせて言った。

「一組の藤尾《ふじお》って奴が代表で警察と逢《あ》ってるよ。見てたのは他にもいるんだけどさ、藤尾が最初に警察に連絡したらしいんだ。それにあいつは秀才だからな」

「藤尾か……」

知っている生徒だった。背が高く額《ひたい》が広い。

「達也は……行原《ゆきはら》はなぜ屋上から落ちたんだ」

俺が聞くと田村は腕組みをして、

「それがよくわからないんだよな」

と首を傾《かし》げて、考えるジェスチャーをした。

「とにかく突然落ちてきたんだ。俺は下でキャッチボールをしていたんだけど、行原が屋上にいたことさえも知らなかったんだ」

自殺じゃないのかな、と田村は言った。その軽い調子に憤《いか》りを覚えながらも、俺は田村に礼を言うとその場を離れた。

これからどうするかな、と考えながら俺は現場のまわりを歩きまわった。校舎のそばでは三人の女生徒が、涙で腫《は》れた目をハンカチで押えていた。俺や達也と同じクラスの女生徒だ。俺だって泣きたいが、今やらねばならない事はそんな事じゃないんだ。

しばらくそうしていると、校舎の中から担任の井本が出てくるのが見えた。今まで刑事の質問を受けていたらしく、緊張で顔がやや強《こわ》ばっている。こんなことは教師になって初めての体験だろう。

井本は誰かを捜すようにあたりを見回していたが、やがてこちらのほうに目を向けると、小走りにやって来た。

「中岡《なかおか》、ちょっと来てくれないか。警察の人が聞きたいことがあるそうだ」

俺は何も見ていないと言うと、井本は頷《うなず》きながら、

「行原の親友に逢わせてくれと言われたんだ。お前が嫌だと言うなら、他の者にあたってみるが」

と真面目くさって言った。

職員室横の来客用応接室に行くようにと井本は指示した。そこでは頭が少し薄くなった中年の刑事と若い刑事の二人が俺を待っていた。

質問は、達也と俺の関係を訊くことから始まった。小学校からの親友、現在はクラスも同じだと俺は答えた。

その後は達也の性格、最近の達也の様子、交友関係などについて質問が続いた。刑事達が自殺の可能性を考えていることは俺にもわかった。質問がとぎれたとき、言ってみた。

「達也は自殺じゃないですよ」

するど中年の刑事のほうが「ほう」と、意外そうな顔をした。

「なぜかな？」

「だって動機がないですよ。百歩譲《ゆず》って何かがあったとしても、あいつは自殺なんかするやつじゃない。それはたしかです」

二人の刑事は顔を見合わせると、何かを含んだような笑いを口元に浮かべた。

その後刑事は、俺のほかに達也と親しかった者は誰かときいた。俺はしばらく考えた後、佐伯洋子《さえきようこ》の名前をあげた。刑事もその名は知っていた。

「中学時代からの恋人らしいね。井本先生から聞いたよ」

俺は首を振って、「小学校の時からです」と訂正《ていせい》した。

刑事との話は三十分ほどで終わった。達也がたしかに死んだのだという事実だけが、俺が得た情報だった。

応接室を出ると、井本が廊下で待っていた。だが俺の気をひいたのは、その横でうつむいて立っていた佐伯洋子だった。つい先刻まで泣いていたらしく、目のまわりが赤い。彼女は俺のほうを見て、何か言おうと口を動かしかけたようだが、悲しみがこみあげてきたようにハンカチを目にあて、結局何も言わなかった。

入れ替わりに洋子が応接室に入って行くのを見送った後、ちょっと考えてからグラウンドに出た。そして水飲み場の近くにあるベンチに腰掛けた。

洋子も三十分ほどで、刑事から解放されて出てきた。揺れるような足取りで校舎の出口から彼女が現われるのを見て、俺もベンチから立ち上がった。

「お疲れ」

なぜこんな声のかけかたをしたのかは自分にもわからない。とにかく多くを語る勇気が俺にはなかった。

洋子は機械人形が壊れたみたいに身体をかたくした。そうして俺達は、しばらく何も言わず向きあっていた。

俺が話しかけようと口を開きかけたとき、洋子のほうが先に、

「同情の言葉なんかかけないで」

とやや早口に、しかしはっきりした声で言った。そして額に垂れ下がったストレートの黒髪を右手でかきあげた。先刻の涙の跡は、もうない。

俺は口をつぐんだ。いま言おうとしたのは、まさしく同情の言葉だったからだ。そういえば小学校の頃、誰かからいじめられた後でも慰められるのは嫌がったっけ。

洋子はゆっくりと近づいてきた。そして一メートルほど手前で立ち止まると、まっす

ぐに俺の目を見て、

「でも今日は、良《りょう》ちゃんがあたしを送って。彼の代わりに……ね」

と哀願するように言った。俺は相変わらず黙ったままただ頷くだけだった。

俺達はそれぞれの自転車を押しながら、学校からの帰り道を歩いた。途中洋子はぽつりぽつりと、刑事から聞かれたことなどを話した。

『事件を知ったのは、いつ、何処《どこ》でですか？』

これが最初の質問だったらしい。教室に残っていたらクラスメートが知らせにきてくれた、というのが彼女の言い分である。

「最初は何が何だかわからなかったんだけど、達ちゃんが死んだって思った途端《とたん》、気分が悪くなって目の前も暗くなって……気がついたら保健室で寝てた」

だから警察の事情聴取も後になったのだろう。

その後の質問は、俺が受けたものと大差ないようだった。達也がなぜあんな場所にいたのかはさすがの彼女も知らなかったし、最近の達也の様子に関して、とくに変わったところはなかったという証言も同様だった。

洋子の家の前で別れるまで、彼女はとうとう涙を見せなかった。慰める術《すべ》を知らなかっただけに助かったというところだが、彼女の気力に舌を巻く思いでもあった。

俺はそれから帰宅する途中、達也の家に寄ってみた。玄関は灯りが消えて、ひっそりと静まりかえっていた。家人達は警察か病院に出かけているのかもしれなかった。俺はペダルをこぎだした。なぜか急に涙が出てきて、夕焼けに染まった風景が歪んで見えた。

家に帰るとすぐに、事件を目撃したという藤尾に電話をかけた。藤尾は、話があるので今すぐ逢いたいという俺の要求に快く応じてくれた。自分も不審《ふしん》な点があるのだと彼は言った。

藤尾と逢ったのは、彼の家の近くの公園だった。ブランコと滑り台があるだけの小さなさびれた公園だが、それだけに人気《ひとけ》は少なく、内緒話をするにはちょうどよかった。

「僕のクラスは、行原が落ちた校舎の向かい側の三階にあるだろう。僕は教室で本を読んでいたんだけど、そのうちに目が疲れたから休憩しようと思って窓の外の景色を眺《なが》めていたら、あの瞬間に出くわしたってわけさ」

藤尾はブランコに乗って細長い身体を揺らしながら、場面を思い出すようにゆっくりとしゃべった。

「で……達也が落ちるところも見たのかい」

やや緊張しながら聞いてみた。すると藤尾は「見た」と大きく頷いた。

「僕が見たとき、行原は屋上の柵《さく》に上っていた。あぶないな、とこっちはヒヤヒヤしていたんだけど、彼のほうは平気そうに歩いたりするんだよな。そのうちに突然落ちたんだ。何だかバランスを崩したみたいだった」

「達也が屋上の柵に……ね」

柵というのは幅が三十センチほどで高さが一メートルぐらいの、コンクリート製の囲いのことだった。一部の男子生徒の間では、肝だめしにこの上に立つことが流行《はや》っている。校則ではそんなことは勿論、屋上に上ることさえ禁じられているのだが。

「すると達也は落ちたんだな、飛び下りたんじゃなくて」

だが藤尾は慎重だった。

「僕には何とも言えないな。行原は屋上の柵に上っていて落ちた――それだけさ。それ以上は無責任な憶測になる。警察にもそう言ったさ」

「なるほどね……」

つまりは、事故か自殺かは不明なわけだ。

「だけど達也のやつ、どうしてあんなところにいたんだろ？」

すると藤尾は腕組みをし、ちょっと首を傾げて、

「屋上にいたこともそうだけど、僕にはもっと不思議なことがあるんだよな」

と言った。

「もっと不思議？　何だい？」

俺は聞いた。すると藤尾は、冷静な顔つきのまま言った。

「行原がひとりだったたってことさ。これが一番不思議だね」

2

藤尾と別れて家に帰ると、すでに夕食の準備ができていた。味気のない飯を無理やり喉《のど》に押しこむ。誰かから噂をきいたらしく、食事中、お袋や一歳下の朋子《ともこ》が俺の話を聞きたそうにしたが、徹底的に無視した。

食事を終えると、すぐに自分の部屋にとじ籠《こも》った。

今日ばかりは朋子も、勝手に部屋に入って来たりはしないだろう。

ベッドに身体を投げ出すと、壁にかけてあるパネルが目に入った。中学のサッカー部時代、県予選の一回戦で敗けたときの記念写真だった。前列左端に、泥まみれになった俺の姿がある。あの頃俺はウィングだった。そしてその隣りに、達也の陽に焼けた笑い顔が見える。彼はキーパーだった。ユニホームが、白く眩《まぶ》しい。

——達也、なぜ死んだ……

俺は写真の中の親友に問いかけた。あいつが死ななければならない理由なんてないはずなのにあいつは死んだ。わけがわからず、俺は頭をかきむしった。

達也と俺とは小学校からの付き合いだった。家が近くだったことが親友になるきっかけだったが、欠点だらけの俺と万事が完璧な達也とは、なぜか不思議にウマが合った。勉強もスポーツも、俺は達也にはかなわなかった。一緒にいたら兄弟と間違えられるほど、彼のほうが身長も高かった。なんとか達也に追い付こうとがんばったのが、俺の小学生時代だった。

中学生になっても俺達は親友だった。むしろ同じサッカー部に入ったことで、その意識は強まったといえる。毎日夕方遅くまで練習したあとは、ふたりで誘いあわせて銭湯に行ったりした。湯船に腰かけて何十分も馬鹿話をするのが、ふたりのコミュニケーションだった。俺の学校の成績が上昇カーブを描き出して、達也にそれほど差をつけられなくなったのも、この頃からだった。

高校入試時、達也が県立W高校を受けると聞いて、俺は猛勉強した。そして「あぶない、やめたほうがいい」と言う担任の意見を無視して、俺もW高を受けたのだ。結果は大吉《だいきち》の目が出て周りの人間を大いに感心させたが、後から考えると、随分思いきったことをしたものだと思う。実は、達也がW高よりも一ランク下の高校、つまり俺が入れる程度の高校に進路変更しようかと迷っているという噂を聞いて、意地になったというのが、本音だった。

こうして俺達は今日までずっと一緒にやってきた。ライバルであり親友だ。行原のいるところ中岡あり、中岡のいるところ行原ありと言われるほどである。

ただ二人の間には、ひとつだけ相違点があった。

それは、達也には佐伯洋子という恋人がいるということだった。

洋子は俺達が小学校五年の時、東京のほうから転校してきた。俺は彼女を見たとき、なぜか冷汗《ひやあせ》のようなものが出て、鼓動が少し早くなったのを覚えている。俺にとって初めての、いわゆる『ときめき』であったわけだが、彼女に対して甘酸っぱい気持ちを抱いたのは俺だけではなかった。意地悪をしたり、ちょっかいをかけたりして、彼女の気をひこうとする少年が何人かいたのだ。つまりそれほど彼女の容姿や身のこなしは、当時の俺達にとって新鮮で衝撃的だったわけだ。

少し大人びたところがあって成績も優秀だった洋子は、やがて女子のリーダー的存在になっていったが、そのころから特定の男子と親しくし始めた。それが達也だった。

当時達也は児童会副会長で、勉強は勿論スポーツにかけても右に出るものがなかった。その彼が相手だから、他のクラスメート達も子供心に納得したというところだった。

達也と洋子の仲の良さは学校じゅうでも評判だった。普段の休憩時間や昼休みだけでなく遠足や運動会のときでも一緒にいることが多かった。そんなとき俺は気を利《き》かせて、二人から離れていることにした。

中学に入ってからは、彼らはあまり目立っては一緒に行動しなくなった。洋子は洋子なりに女同士の友達とつきあうようになったせいもあるだろうが、どうやら達也と洋子は二人っきりで逢う楽しみを覚えたようだった。俺が土曜の午後や日曜に達也を誘っても、都合が悪いと申し訳なさそうに断わられたことが何度もあった。そのうちに、街で二人が歩いているのを見たという噂を耳にするようになり、俺も出来るだけ遠慮するようになった。

洋子は高校も俺達と同じW高を受験し、楽々パスした。達也といつも一緒に勉強していたぐらいだから、成績は俺よりも良かったのだ。後で聞いたところによると、彼らの勉強場所は専《もっぱ》ら街の図書館だったらしい。俺はこの話を聞くまで、図書館に自習室というものがあることさえ知らなかった。

その後も達也と洋子の仲の良さは変わらなかった。彼ら二人の恋愛は、端《はた》で見ていても気持ちがいいくらいさわやかで、そしてほのぼのとした温かさに包まれていた。男女交際にうるさい高校の教師達も、二人に対しては寛大だった。公然の仲、誰もが羨《うらや》む仲、それが達也と洋子だったのだ。

俺は二人を見るたびに、幸福を分けてもらったような気分になる。だがその反面、ほろ苦い気持ちになるのも事実だった。その理由は、自己嫌悪で頭が痛くなってくるようなつまらないものだ。

つまり、俺が親友の恋人に対して初恋を感じ、今も思い続けているという、実に馬鹿げた話なのだった。

3

翌朝早く目を覚ますと、誰よりも先に新聞を取りに行った。俺が新聞受けから朝刊を取り出すのは、年に一度あるかないかだ。

『高校生が屋上から転落死』

昨日のことは、こういう見出しで社会面の中ほどに書かれてあった。内容は俺が田村や藤尾から聞いた話とほぼ一致していた。事故か自殺かについては、まだはっきりした見解は示されていない。

達也の両親の談話も載《の》せてあった。親よりも先に死ぬのは最大の親不孝云々——こういう話は苦手だ。

それにしても、達也はなぜあんな所に上がったりしたんだろう——紙面を追う目を宙に漂《ただよ》わせながら、俺は考えた。

慎重派の達也は、俺がそういうことをしても、怖《こわ》い顔をして真剣に怒ったものだ。それがなぜ……。

それから藤尾の言ったこともだ。

なぜ一人だったのか——それが藤尾があげた疑問点だったが、たしかに不思議だ。

学校に行くと、予想どおり昨日の話題でもちきりだった。そして一時限目は緊急職員会議で自習だった。

「学校側の責任問題に関わるから連中も必死さ」

事情通の笹本《ささもと》というクラスメートが言った。

「防止することは、できたはずだもんな。だってさ、屋上に上がることを校則で禁じるぐらいなら、徹底的に見回りか何かをすればよかったんだ。世間だってきっとそういうぜ」

そして笹本は、そう思うだろうと問うように俺のほうを見た。俺は何も言わなかった。

そのうちに話は洋子のことに及んだ。ショックでしょうねと自分のことのように悲しそうな顔をする女生徒、行原も馬鹿なことをしたものだとしみじみと語る男子生徒、反応はさまざまだった。

一時限目が終わると、俺はすぐに例の屋上につながる階段を上がった。達也がどこからどんなふうに落ちたのか、見ておきたかったからだ。しかし階段を上りきった所にある戸には、しっかりと鍵がかけてあった。今になって安全対策ということらしい。その間抜けぶりは馬鹿馬鹿しくって腹もたたないほどだ。

戸を蹴とばして階段を降りはじめたとき、誰かが下から上がってきた。女生徒だった。見たことはある。たしか二年生で、達也と同じ英会話クラブの部員だ。

「閉まってるよ」

俺が上から声をかけると、うつむいて歩いていた彼女は痙攣《けいれん》したようにびくっと身体を震《ふる》わせ、その場に立ち止まった。そしてこちらを見上げると、あっというように小さく口を開いた。

「達也の供養《くよう》かい？」

こう聞いたのは、彼女が右手に小さな花束を持っているのを見たからだ。花の名前なんか知らなかった。白くて素朴な花だった。

花を後ろに隠し、直立の姿勢のまま彼女は黙っていた。黒目の大きな子だなと俺は思った。

「俺、先生に頼んで屋上に上がらせてもらおうと思っているんだけど、何なら君も付き合うかい？」

するとと彼女は壁際《かべぎわ》まであとずさりして、

「あたし……いいです」

と言いながら、身をひるがえして階段を駆け下りていった。白い花の匂いが、ほのかに残った。

二時限目以降は時間割どおり行なわれたが、どの教師も昨日の事についてはあまり触れようとはしなかった。余計なことはしゃべらぬようにと、職員会議で釘《くぎ》をさされているのかもしれない。

昼休みになると、俺は向かい側の校舎の三階にある、三年一組の教室に行った。藤尾は窓際の席に座って本を読んでいた。

「ここから見えたわけか」

隣りの校舎を見ながら俺は言った。達也が落ちた校舎は三階建てだから、屋上はこの位置からは一階分見上げることになる。

「そうさ、僕が見たとき、行原はこの真上にいたんだ」

藤尾が横にきて指をさした。

「しかしこの位置からだと……」

藤尾の指さすほうを見ながら俺は言った。

「柵の上の達也は見えるだろうが、他に誰かがいたかどうかは、柵が邪魔になって見えないんじゃないか？」

すると藤尾はかるく頷いて、

「事実だけを言えばそうなるけど、もし誰かが一緒にいたのなら名乗りでるはずじゃないかな。それが出ないということは、いないということだよ」

と自信ありげに答えた。

「うん、なるほどね……」

曖昧《あいまい》に返事したあと、俺はふと思いついたことがあった。それで達也が落ちたときの状況をもう一度詳しく聞いて教室を出た。

教室を出ると、俺はさらに階段を上った。この校舎は四階建てだ。したがって三階建ての隣りの校舎の屋上は、ここの四階からはほぼ真横に見えるはずだと考えたのだ。

四階には一般の教室はなく、被服室、音楽室、階段教室、映写室がある。藤尾のクラスの三年一組の真上は被服室になっていた。ここは女子が家庭科の授業のときに使う部屋だ。洋裁や和裁の勉強をするのだ……と思う。

俺はちょっとためらってから、入口に手をかけた。戸に鍵はかかっていなかった。俺は中の様子を窺《うかが》いながら、ゆっくりと足を踏み入れた。高校入学以来一度も入ったことがなかっただけに、何だか緊張した。

内部は普通の教室より少し大きいぐらいの広さだった。いろいろな洋服や和服の絵が壁に貼《は》りつけてあり、やたら大きな机が並んでいる。机にはそれに見合った大きな引出しがついていた。

俺は大またに教室を横切ると、窓際に近寄った。ミシンや姿見《すがたみ》が置いてあるが、そんなものに用はない。

カーテンをあけると、太陽光線が強く差し込んできた。思わず眉《まゆ》を寄せ、目を細める。掌《てのひら》をひさしにして窓の外に目を向けると、予想したとおり隣りの校舎の屋上が真横に見えた。もしあのときここに誰かがいたなら、これ以上の目撃者はいないだろう。

俺は屋上の隅《すみ》から隅までを丹念にながめてみた。どうってことはなかった。いつもどおりの、とくに取《と》り柄《え》のないコンクリートの広場だ。

達也が落ちた校舎のさらに向こう側にも、もうひとつ三階建ての校舎があった。つまりこの位置からだと、ふたつの校舎の屋上が見通せるわけだ。

——機会があれば向こう側からも見たほうがいいかもしれない。

そう考えながら俺はカーテンを閉じた。
五、六時限目はぼんやりとして過ごした。ぼんやりとと言っても何も考えないのではなく、達也が死んだ原因について頭を悩ませていたのだが、これといった考えも浮かばず、結局ぼんやりしていたに過ぎなかったのだ。
六時限目終了後、担任の井本から、明日達也の葬式が行なわれるという話があった。全員で参加する予定だという。友情を示すということだろうが、達也に友情を感じていない者もいるということまでは考えていないようだ。

それから、前回の中間テストの結果が掲示板に貼りだされるとのこと。みんなこちらのほうが興味があるようだった。

教室を出たところで洋子と会った。『会った』というのは正確ではないかもしれない。彼女は俺を待っていたらしかった。

「送ってね、良ちゃん」

洋子は俺の顔を見ず、足元のほうを見ながら言った。少し風邪をひいているような声だ。

「いいけどさ……」

俺はそれだけ言って歩きだした。後に続ける言葉がみつからなかった。洋子はとくにためらった様子もなく、一緒についてきた。

途中、職員室のそばを通った。隣りに掲示板があるが、そこには二、三十人の生徒が群がっていた。例の中間テストの結果発表らしい。俺はとくに興味はなかったが、長身を生かして、見える範囲だけにさっと目を通した。一番から五番くらいまでは、常連の顔ぶれが入れ替わっているだけだ。その中には藤尾の名前も入っている。さすがだ。

俺の名前はと探すと、ちょうど十番目に書いてあった。そして二つおいて洋子の名。達也は十九番だった。

「達ちゃんの名前が出るのもこれが最後ね」

しんみりと洋子が言ったが、悲愴《ひそう》でないのが救いだった。

昨日と同じように、洋子と二人で自転車を押して帰る。最初の話題は中間テスト。といっても洋子が俺に、

「良ちゃん凄《すご》いわね、とうとう十番以内に入ったじゃない」

とおだてて、俺が一言「まぐれさ」と答えただけの会話だった。

話はここまでだったが、俺の最近の成績向上は自分でも驚いているほどだった。かなり無理をして今の高校に入っただけに、入学当時は相当下位に位置していたのだが、二

年の後半あたりから急上昇しはじめたのだ。原因はわからない。一方、達也と洋子は一年のときからずっと上位をキープしつづけている。ただ上には上がいるもので、彼らでもなかなか十番以内というわけにはいかなかった。だから今回の俺の十番というのは、もしかしたら『凄い』のかもしれない。

そのあと洋子は、自分が所属している体操部のことを話した。そして俺にサッカー部のことをきく。無理に話題を探しているように、俺には感じられた。

「達ちゃん、どうしてサッカーやらなかったのかな」

ふいに彼女は訊いた。「中学のときは、良ちゃんと一緒にサッカーやってたのに」

「さあ……」

俺は曖昧に答えた。

俺は洋子と並んで歩きながら、小学校の頃を思い出していた。あの頃洋子と一緒に歩くのは達也と決まっていた。晴れた日には二人は手をつなぎ、雨の日には二つの傘が寄り添うように並んでいた。俺の入りこむ余地なんて、髪の毛ほどの隙間《すきま》もなかった。ところが今は俺と彼女だけがいる。二人を繋《つな》ぐ男がいない。そして明日は、その男の葬式なのだった。

しばらくの沈黙の後、俺は今日の昼休みに被服室に行ったことを話した。洋子は興味

を持ったらしく、

「被服室に何かあったの？」

ときいた。

「いや、そうじゃなくて、あの部屋から隣りの屋上を見てみただけさ。もっとも、収穫は何もなかったけれど」

こう言うと洋子は、そうと短く答えた。

それから一時限目終了後の休憩時間に、屋上に上がる階段のところで、二年生の女子に会ったことも言ってみた。達也と同じ英会話クラブの部員だと言うと、それだけで洋子は誰だかわかったようだ。

「ああ、それならきっと笠井《かさい》さんよ」

「笠井？」

「笠井美代子《みよこ》さん。たしか二年八組だったと思うけど」

「随分よく知っているんだな」

「だって」

と洋子は少し躊躇《ちゅうちょ》してから、「達ちゃんから聞いたもの。彼にラブレターを送ったんだって」

と言った。

「ラブレター？」

鸚鵡《おうむ》がえしにきいた。その言葉は、なんだか随分時代遅れな響きを持っていた。

「それで達也はどうしたんだ？」

「さあ……どういう断わり方をしたのかは知らないけど」

とにかく断わったはずだと洋子は言った。

もし達也があんなことにならなければ、こういう話題は実に楽しいものになっていただろう。俺は、彼女がジェラシーを感じるように冷やかしていただろうし、彼女は彼女で無理に平静を装ったりしたに違いない。しかし俺たちは微《かす》かな笑みすら浮かべなかった。どんなユーモアも今日ばかりは鎮魂歌《ちんこんか》にしかならない。

「ところでさ」

俺は刑事が自殺の可能性について言っていたことを話し、彼女はどう思うかきいてみた。彼女はしばらく考えてから、わからないと答えた。意外だった。

「そんなこと絶対ないって言うかと思った」

「絶対なんて……あたしに言えるわけないじゃない」

「でも」

恋人だったのに――といいかけたが止めた。なんだか自分が惨《みじ》めになりそうだったからだ。

翌日の葬式は雨。四十数名の生徒が傘を持って集まったので、狭い道はたちまちいっぱいになった。

俺は五番目に焼香《しょうこう》した。仏前に向かう途中、おじさんとおばさんの前を通った。小さい頃から世話になった人達だ。それほど久しぶりでもないのに、まるで十年も会っていなかったように二人とも老《ふ》けて見えた。

「ありがとう」

俺が通るときおばさんが声をかけてくれた。蚊が鳴くよりももっと弱々しい声だった。仏壇に置いてある写真の中の達也は、整形手術をしたみたいに白っぽい顔でわらっていた。俺はお袋に教わったとおりに焼香を済ませ、手を合わせた。

何も伝わってこなかった。

俺が達也に問いかけることはただひとつ――なぜ死んだ、だ。しかしこうして手を合わせてみても、俺の心にひびいてくるものなんて何もなかった。死者の霊なんてうそっぱちだ、やっぱり。

かなり効率良くやったつもりだが、それでもクラス全員が焼香を終えるには小一時間ほどかかった。その後、一、二年時の友人代表が焼香したが、その中に洋子の姿も見られた。洋子はとくにとりみだした様子も見せず、実に淡々とした調子でひきあげてきた。おじさん達と少し言葉を交わしていたようだが、その表情にも落着きが感じられた。

おじさんやおばさんは洋子の顔を見て、再び何かこみあげてくるものがあったようだ。将来は彼女を達也の嫁《よめ》さんに迎えようと、考えたこともあったからかもしれない。

「無意味よね、こんな葬式」

戻ってきて俺の顔を見るなり彼女は言った。

「死んだ者にはね。でもこれは生き残った者のためにやるんだ」

俺が言うと、彼女は「そうね」と複雑な表情をして頷いた。

そのとき誰かが後ろから俺の肩をたたいた。ふりかえってみると、藤尾が神妙な顔をして立っていた。

「藤尾も来てくれていたのか」

こう訊くと彼は、「何かの縁だと思ってね」とちょっと口元を緩《ゆる》めた。

「ところで、ちょっと面白い話があるんだ」

「面白い話？」

「ああ。実は、あのとき行原が落ちるところを見ていた者が、他にもいるかもしれないんだ。しかも、僕とは違った角度でね」

「ほう……」

「な、ちょっと面白いだろ」

「誰なんだ？」

するとと藤尾は少し大げさに声を低くして、「一年の女子」と言った。

「一年？」

「そう。噂で聞いたんだけどさ、行原が落ちた校舎の隣りの屋上で、いつもバレーボールをしていた連中がいたらしい。もしあの日もしていたのなら、事件を目撃した可能性は強いぜ」

「でも、それなら名乗り出るんじゃないか」

「出ないと思うよ。なんせ上がることさえ禁じられている屋上で、球技なんかしていたんだからな」

「なるほど」

充分考えられることだ。叱《しか》られるだけ損だと考えるかもしれない。

「それで、誰かはわからないんだな。一年の女子だというだけで」

藤尾は、わからないと答えた。

「でもそれを探すのは難しくないと思うな。彼女達は放課後にはきっと他の場所でバレーボールを始めるだろう。一年の女子というのは、そういうものだ」

「そういうものだな」

俺は頷くと、彼の前を離れた。

大抵のクラスメートは焼香を済ませると、すぐに帰っていったが、俺と洋子は出棺《しゅっかん》まで残っていた。雨の中を達也の身体が運び出されていく。背景も人の着物も表情も、黒と白とグレーばかりで、俺は何だか古い映画の一場面を見ているような錯覚を感じた。しかもフィルムは傷だらけだ。

「バイバイ」

隣りで洋子が小さく呟《つぶや》いた。

4

翌日の放課後、俺はサッカーのユニホームに着替えると、藤尾の言ったことを思い出して校庭を歩きまわってみた。屋上バレーボールの連中が、必ずどこかにいるはずだった。彼女達は数人が輪になってボールをうちあげても、またその中の一人が下手でボールを大きくそらせても、人に迷惑をかけないような場所を探しだしたにちがいない。それらしきグループをみつけたのは、図書館の裏の空地だった。学校の塀《へい》がすぐそばに迫っているのだが、あやまってボールがそれを越えてしまうほど、彼女達は下手ではないようだ。俺はゆっくりと近づいていった。

彼女達は六人のグループだった。幸いその中のひとりは、クラブの後輩の彼女で名前も知っていた。たしかヒロミとかいった。

横から目線で合図すると、彼女はちょっと驚いてから微笑《ほほえ》みを浮かべ、仲間にことわって輪を抜けた。そして照れたようなしぐさをしながら、小走りに寄ってきた。

俺はまず、屋上でバレーボールをしていたかどうか訊いた。ヒロミは舌を出して見せたりしながら、それを認めた。

「言わないでね、先輩。だってバレたらマズイもん」

「わかってるよ。それより毎日屋上にいたのなら、例の転落事故も見たのじゃないか？」

するとヒロミは目をキョロキョロさせて辺りの様子を窺うと、内緒話をするように口元を掌で覆《おお》った。

「実はそうなの、ちょっぴりだけど」

「それで」

俺は少し気負いこんだ。「どういう状況だったか教えてくれないかな」

「ジョーキョーっていったって……行原さんはねえ、屋上のすみっこのほうを歩いててぇ、そのうちにフラフラッと落ちたの」

「フラフラッとね」

藤尾は「バランスを崩したようだった」と言っていたが、ヒロミの表現のほうが感覚的によくわかる。

「落ちる前はどうだったかな。達也が何をしていたか見ていない？」

だがヒロミは「だって一生懸命見てたわけじゃないもん」と困ったような顔で首を振った。

「でも他のコは何か見たかもしれないわ」

「他の子？」

「ちょっと待ってて」

ヒロミは身を翻《ひるがえ》すと、バレーボールの輪にもどっていった。そして俺のほうを指さしながら、二言、三言話していたが、やがて五人の仲間をひきつれて戻ってきた。同じような背格好の女の子が、ぐるりと俺をとりかこむようにして並んだ。俺は意味もなく、一歩下がった。

「このコがね、最初に気づいたんだって」

ヒロミは向かって左から二番目の子を指さした。ヒロミはその子のことを、イッチャンと呼んだ。身体も顔も目も、すべてがコロコロと丸い女の子だった。

イッチャンは自分の髪をさわりながら、

「よくわかんないんだけどォ」

と前置きした。こういうふうに語尾を無秩序に伸ばすのが、彼女達のファッションのようだ。

「何か光ったの」

「光った？」

「それでそっちを見たら、隣りの屋上の端っこのほうに男の人がいてェ、みんなにも教えてあげたりしてるうちにィ……落ちたの」

「ちょっと待って。隣りの屋上のほうが光ったわけだね」

そう、とイッチャンは頷いた。

「どういう光りかただった？　閃光《せんこう》？　それとも点滅？」

早口で俺は訊いた。しかし彼女は戸惑《とまど》ったようにヒロミのほうを見ているだけだ。俺はああ、と納得して訊き直した。

「ピカッだった？　それともキラキラだった？」

イッチャンは小声で、「ピカッ」と答えた。

「ピカッ……か」

これが達也の死と関係しているかどうかなんて、俺には勿論判断できなかった。考えるふりをしているようなものだ。

彼女たちに礼を言ってその場を立ち去ろうとしたとき、一番右端にいた子が、「あの……」と声を発した。俺は足を止めた。

「あたし今日、他の人から同じようなことを訊かれたんですけど」

髪が長く、ヒロミやイッチャンよりも多少大人びて見える彼女は、話し方も随分落ち着いて聞こえた。

「他の人？　誰？」

「体操部の……」

なるほど――俺は納得した。そしてすこし満足だった。

「佐伯洋子か」

髪の長い彼女は、こっくりと頷いた。叱られているみたいに、上目づかいで俺を見ている。

洋子は昨日の、俺と藤尾の会話を聞いていたのかもしれない。あるいは彼女なりのルートで、ヒロミ達のことを知ったのかもしれない。いずれにしても洋子も達也の死を不審に思っているようだ。

「佐伯は君に何を訊いたの？」

「だから、同じようなことです。でもほかに、屋上にいたのは行原さんひとりだったかどうか訊かれました」

「そうだ」

俺はヒロミ達の顔を見回しながら言った。

「そいつも訊いておくつもりだったんだ。それでどうなのかな、行原のほかに誰かいたかい？」

すると髪の長い彼女は、確認するように他の女の子の顔を見た後、ゆっくりと首を振った。

「行原さんひとりだったと思います」

「そう……ほかに洋子は何をきいた？」

ほかには何も、と彼女は答えた。それでようやく俺は、彼女たちの前から去ることができた。

ヒロミ達と話していたために、サッカーの練習に五分ほど遅れた。遅刻の罰則は一分につきグラウンド一周。したがって五周走らされることになった。

ひとりで黙々と走りながら、俺は先日の洋子の言葉を思い出した。なぜ達ちゃんはサッカー部に入らなかったのかな――それが洋子の質問だった。たしかに素朴な疑問だ。そして実は答えも極めて簡単だ。

サッカー部のレベルが高すぎるので尻ごみした――ただそれだけのことなのだ。洋子は知らないが、達也は中学でも正キーパーではなかった。入部時は期待されたのだが、他の部員でもっと上達の早い者がいたのだ。県大会でも彼は補欠だった。

「サッカーは良にまかせるよ」

高校に入ってクラブを決めるとき、達也はこう言って俺の誘いを断わった。俺は当然のように、一緒にサッカー部に入ることを勧《すす》めたのだった。

レギュラーじゃなくてもいいじゃないか――こういうふうに言う手もあったが、俺は言えなかった。そんなこと、嘘だからだ。レギュラーになれるようがんばれ――とも言えなかった。それは俺が言うことじゃない。

ただこの時点ではっきりしていたことは、サッカーに関しては達也よりも俺のほうがむいていたらしい、ということだった。

達也がサッカーをしなかった理由は、洋子には秘密だ。達也との約束事なのだが、彼が死んだからといって反古《ほご》にするわけにはいかない。

クラブの練習を終えて、着替えて門を出る頃には、時計は七時近くを示していた。別に珍しくはない。いつもどおりだ。

うす暗い夜道を俺は自転車で走った。達也の英会話クラブと活動日が一致するときは、彼と二人でこうして帰ったものだった。競走したこともある。最初は互角の勝負だったが、やがて俺が連勝しだした。それを機に、こんな競走はやらなくなった。

車のヘッドライトが、前方から近づいてくるのが見えた。達也はこういうとき、必ずといってよいほど、自転車から降りて車をやりすごした。そのくらい用心深い男だったのだ。その達也が屋上から落ちた？　そんなこと俺に信じられるわけがない。

俺は自転車に乗ったまま、車とすれちがおうとした。そのときヘッドライトが目の前で上を向いた。馬鹿ドライバーが、ライトをハイ・ビームにしたのだ。しかもそのタイミングは、あまりにも悪かった。突然目を射られた俺は、瞬間的に平衡感覚を失い、転びそうになったのだ。ブレーキをかけ、足をふんばって何とかそれは避《さ》けたが、あぶないところだった。

「ばかやろうっ」

排気ガスを残して去っていく車に向かって俺は怒鳴った。しかし心では全く別のことを考えはじめていたのだった。

5

「本気？」

「本気だ」

誰がこんなこと冗談で言うものか。

「達也は殺された」

「でも」

と洋子は何かを考えるように、舌で唇を濡らした。「どうやって？」

「光だ」

「ひかり？」

「そう。強い光で達也の目をくらませ、彼がバランスを崩して屋上から転落するようにしむけたんだ」

「……なるほどね」

洋子はぐるりと部屋じゅうを見回した。ここは家庭科学習用の被服室だった。

「それで、こんな所を待ち合わせ場所にしたのね」

「そういうこと」

俺はヒロミ達が「ピカッ」と光ったものを見た位置と達也が落ちた地点とを直線でつなぐと、この被服室の窓の位置に至るということを、そばにあった黒板に図を描いて説明した。

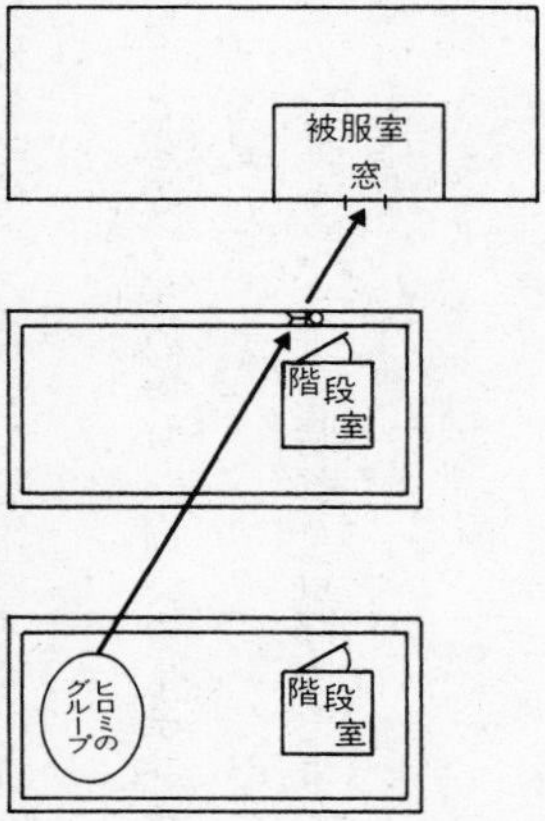

「でも、この部屋にそんな強い光を出せるものなんてあるの？」

「あるさ」

俺はそう言うと窓際に歩み寄り、白いカーテンを勢いよく開けた。途端に五月の強い陽が、鋭角に差し込んできた。

「あの日もこんなふうに、よく晴れた日だったよな。すると犯人としては、この太陽光線を生かさない手はないわけだ」

「鏡……」

「そう、これを使ったんだ」

俺は傍《かたわ》らにあった姿見を引きよせた。前にこの部屋を訪れたときは、まさかこれが重要な鍵になるとは夢にも思っていなかった。

姿見の角度を調節して、俺は太陽の反射光が向かいの校舎の屋上に当たるようにした。やがて屋上にある階段室の壁に、姿見の四角い形をした光が現われた。

「あの光を達ちゃんは見たのね」

洋子も俺の隣りに来て、階段室の壁にはりついたみたいな四角い光を見て言った。

「だけど……そんなに巧《うま》くいくかしら？　光を見て目がくらむことはあっても、足を踏みはずすとは限らないんじゃない？」

「限らないね」

その確率は十分の一か百分の一か、とにかく五分五分よりもはるかに低いだろう。

「だから犯人には殺す気はなかったのだろうと思う。単なる悪戯心《いたずら》よりも、もう少し悪意の籠った程度の気持ちで、ちょっと脅《おど》かしてやろうとしたんじゃないかな」

「いたずら……」

「勿論だからといって、犯人を見逃すわけにはいかない。これはれっきとした殺人だ。俺は何としてでも犯人をさがしだす」

「でも、手掛かりはあるの？」

「大丈夫、考えがあるんだ。洋子は何も心配しなくていい」

すると彼女はしばらく俺の顔を見つめていたが、その目をそらしながら呟《つぶや》くように言った。

「わかったわ、任《まか》せる。だけど犯人がわかったら、すぐにあたしに教えてね」

俺は「了解」と答えながら、姿見を元の位置に戻した。階段室の壁にはりついていた四角い光は、一瞬にして青空の中に融《と》けて消えた。

あのとき犯人は、偶然被服室にいたのだ——これが俺の考えの基盤をなしていた。悪戯をするために、わざわざ被服室まで出向いていったとは考えられない。姿見を使って太陽の光を反射させるとは、いかにも咄嗟《とっさ》に思いつきそうなアイデアだ。

こうなると、あの日の放課後、誰が被服室にいたかが問題になる。まずそれを調べる必要があった。

「あの日なら二年七組と八組ね」

家庭科の加藤《かとう》教諭は、俺の妙な質問に対しても嫌な顔をせず答えてくれた。例の事故に関係しているのだろうと理解してくれているからかもしれない。達也の死は結局事故死ということで処理されたのだが、残された謎も多いため、個人的に興味を持っている人も結構いるのだった。

「六時限目が七組と八組の授業だったんだけど、時間内に課題が終わらなかった人は、放課後被服室を使っていいって言ってあったのよ。でも、あの事故が起きたときには、もう誰もいなかったって話だけど」

「一番最後まで残っていた人は誰ですか？」

「さあ、それはちょっと……ああ、ちょうどいいわ」

加藤教諭は、そばを通りかかった女生徒をよびとめた。二年七組の副級長で、木島礼《きじまれい》子《こ》という生徒だった。ショートカットでよく陽焼けしており、いかにも活発そうだ。

教諭は彼女に、俺の質問を伝えてくれた。しかし彼女もわからないと答えた。

「それが例の謎の事故に関係しているんですか？」

ちょっとがっかりしていた俺に、木島礼子は尋ねてきた。俺は軽く頷きながら、

「まだはっきりしていないけど」

と答えた。すると彼女はややためらいがちに、

「何でしたら、あたしが調べてもいいですけど」

と言ってくれた。

「君が？　でも悪いよ」

「いいんです。あたし、こういうの好きなんです」

木島礼子は目を輝かせながら、自分が欠かさず見ている刑事ドラマのタイトルを三つばかりあげた。そのどれも俺は見たことがなかったが、適当に相槌《あいづち》を打っているうちに、結局彼女の協力を受けることになった。

そしてその夜、早速彼女から第一報が入った。

「七組の女子は最後じゃなかったみたいです。だから八組ですね」

「そうか、じゃあ俺が八組をあたってみよう」

「あら、あたしが調べますからいいです」

「だけどクラスが違うだろ」

「いいんです。そのかわりこの情報で何かがわかったら、あたしにも教えてくださいね」

俺はちょっと困ったが、木島礼子の協力はたしかに有用であるし、結局「わかったらね」ということでごまかすことにした。

「じゃ、期待していてください」

木島礼子は、かなりはりきっている様子だった。

笠井美代子が自殺をはかったという話をきいたのは、その二日後だった。睡眠薬を飲んだらしいが致死量にいたらず、命に別状はないということだった。この話をしてくれたのはサッカー部の女子マネージャーだ。彼女は二年八組に親友がいるので、その筋《すじ》から情報を得たらしい。

「自殺しかけたってことは、一部の人しか知らないんですって。だから先輩もあまり言いふらしちゃだめよ」

そのマネージャーはこう言いながら、ひとりで噂をひろめていた。

その夜、再び木島礼子から電話があった。電話の向こうの彼女の声は、弾《はず》んでいた。

「わかりました。あの日、最後まで被服室に残っていたのは笠井さんですって。ただ本人にはまだ確認していないんです。彼女、今日はお休みで……」

6

翌日の昼休み、俺は校庭のベンチに洋子を呼び出した。グラウンドではソフトボールをしていた。

俺は要点だけをまず話した。洋子は先日、「達也は殺された」と俺が言ったときとおなじくらい、あるいはもう少し強く驚いたようだ。

「笠井さんが？」

そう、というように俺は首を縦に振った。

「まさか……どうして？」

「さあ」

今度は横に振った。まるで首振り人形だ。

「わからない」

「わからないって……それでどうして笠井さんが犯人だって……」

「調査の結果なんだ」

俺は木島礼子から貴重な協力をうけたことと、笠井美代子が自殺をはかったことを洋子に話した。笠井美代子の自殺未遂は洋子も知らなかったらしく、かなりショックをうけたようすだった。

「木島君はかなり派手に動いたらしい。例の事故に関係があるとか言ってね。それで笠井君は危機を感じて自殺をはかったんだろう」

俺は言いようのない後味の悪さを感じていた。こんなふうに犯人を追いつめることが、目的ではなかったのだが。

「だけど、どうして笠井さんが」

「そのことだけど、洋子に心当たりはないかな？　達也のことなら何でも知っていただろう？」

「そんな、無理よ。いくら達ちゃんのことでも」

彼女は小さくかぶりをふった。

しばらく俺達は黙っていた。恋人と親友がいて、達也のことがわからないのだ。

やがて洋子はゆっくりと口を動かした。

「ねえ、あたしがじかに笠井さんにあってみるわ。そうして真相を聞くの。あたしになら、きっと話してくれると思う」

「洋子が？」

「うん」

「なるほど……」

それもいいかもしれない。笠井美代子も洋子が相手なら、案外真実をしゃべってくれるかもしれない。

「わかった、任せよう」

他にうつ手はないのだから。


その三日後の日曜日、俺は洋子に呼ばれて彼女の家に行った。広い庭があって、白い箱を組み合わせたような家だ。洋子の部屋は二階にある。ここに入るのは小学生のとき以来だ。

「達ちゃんにも原因はあったのよ」

おばさんが運んできた紅茶に口をつけながら、洋子は言った。

「達ちゃんはラブレターを英会話クラブの他の人に見せたのよ。そうしてその人を通じて交際を断わったらしいわ。達ちゃんはそういうところがあったのよね。直接断わるよりもショックが少ないと思っていたのかもしれないけれど、こういうやり方は女の子の心を踏みにじるようなものだってことに、気がつかないのね」

洋子の口調は笠井美代子の気持ちを代弁するように、苛立《いらだ》った響きを含んでいた。

「それで笠井さんは仕返しのつもりで、少し脅かしてやろうとああいうことをしたんだって。でもまさかあんなことになるとは思わなかったって、泣いてたわ」

「…………」

「あとは、ほぼ良ちゃんの推理どおり。被服室の利用者を調べられているとわかったとき、全《すべ》てをあきらめたそうよ。それで償《つぐな》いのために自殺を試みたわけだけど、なぜ死ねなかったんだろうって、悔《く》やんでた」

「……そういうことか」

俺はこういうとき、何をどう言っていいのか見当もつかなかった。誰が悪いのかもわからなかった。おそらく誰も悪くなくて、誰もが悪いのだろう。

「小さな故意だな」

ふと思いついた言葉を俺は口にした。洋子は何も言わなかった。

7

北風が俺の耳をひきちぎるみたいにして吹いていった。個室マッサージのちらしが、足元にからみついては飛んでいく。駅の歩道橋の上ってのは、どうしてこう汚ないんだろう。昼間でも、酔っぱらいの吐《は》いたヘドが必ず一つや二つはある。

疲れた顔をしたサンタクロースと、歳末助けあい運動の募金箱を持った女の子が俺の前を通り過ぎていった。妙だけど見慣れた取り合わせだ。

ブルゾンの襟《えり》を立てながら、どうしてこんな所で待ち合わせをしたんだろうと考えてみた。おそらく電話をしたときにそういう気分だったからだ。寒々しくて乾いていたからだ。

俺の気分をそんなふうにしたのは一通の手紙だった。手紙の差出人は行原俊江《としえ》、達也のお母さんだった。

『一年以上も前のことで、今さらなんだと思われるでしょうが——』

こういう感じの出だしで、この手紙はしたためられてあった。俺は少なからず緊張した。今頃になって、達也の死に関する、俺と洋子だけの秘密に気づいたのかと思ったからだった。

しかし手紙の内容はそんなものではなかった。達也のお母さんは、被服室の姿見のことも笠井美代子のことも知らないようだった。

『久しぶりにと思って、あの子の部屋の大掃除をしましたところ、それが見つかったのでございます』

手紙には大掃除で見つけたという、『それ』のことだけが書いてあった。俺は便箋《びんせん》を持つ手が震えてくるのを感じた。このことをあのときに知っていたら、事件は全く違う解決にいたっていたはずだ。

昨日、俺は卒業以来はじめて母校にいってきた。そしてあの例の、達也が落ちた屋上に上がってきたのだ。どういうわけか屋上に出る戸は、また施錠《せじょう》されなくなっていた。屋上に立ち、俺は全ての謎を解いた。解答は実に意外なところに横たわっていたのだ。同時に深い虚脱感におそわれた。いっそのこと、このまま俺の心の中で真相を葬《ほうむ》ってしまおうかと思ったほどだ。だがそれはできなかった。できないことは俺が一番よく知っている。

また強く冷たい風が吹いた。

中学生らしい女の子が数人、スカートを押えながら前を通っていった。彼女達の後ろ姿に目を向けていると、横から肩をたたかれた。

「何を見てるの?」

振り返ると、OL顔負けのおとなっぽい化粧で、しかも表情だけは昔のままで洋子が笑っていた。

「ロリコン趣味にかわったの？」

そう悪態をつきながら歩きだそうとする洋子に、「今日はデートじゃないんだ」と俺は言った。

「話がしたいんだ」

「はなし？」

洋子はちょっと戸惑ったように首を傾げた後、「じゃ、喫茶店にでも入ろうか。なかなかいい店みつけたのよ」と提案した。

「いや」

俺は鬱陶《うっとう》しい顔を彼女に向けた。「ここでいい」

「ここ？　こんな寒い吹きっさらしの所で話をするの？」

気が変になったんじゃないの――いつもの洋子ならこう言うはずだった。しかし彼女は言わなかった。俺の目つきから、ふざけているんじゃないということがわかったのかもしれない。

「達也のことなんだ」

「達ちゃんの？　……ねえ良ちゃん、その話はもうしないっていう約束だったでしょ」

「これが最後だ」

俺は洋子の顔を真正面に見た。彼女もしばらく俺の目を見ていたが、やがて目をそらした。

「わかったわ。ここで話を聞くわ」

彼女はコートのポケットに手をつっこんだまま、歩道橋の下を見下ろした。そこでは渋滞《じゅうたい》した車が、競《きそ》うようにエンジンを吹かし、排気ガスをまきちらしていた。トラックが目立つのは師走《しわす》だからかもしれない。

考えてみれば、こんなふうに俺と洋子が待ち合わせをしているというのも妙な話だった。俺は常に達也の引き立て役で、俺の初恋など、淡《あわ》い思い出として古いアルバムと一緒に葬りさられる運命にあったはずだからだ。俺達は例の事件以後、急速に親密になっていったのだが、達也に対するうしろめたさは今でもある。しかし、達也の次に洋子が気を許せるのは俺しかいないなどとムシのいい理屈をつけ、今日までやってきたのだった。

だがやはりこういうのは、不自然だったのだ。

「あのとき……」

洋子の白い横顔を見ながら、俺は話し始めた。

「最後までどうしてもわからないことがあった。それは達也がなぜひとりであんな所にいたのかということだ」

「それがわかったというの？」

洋子は姿勢を変えず、表情も動かさず訊いた。

「わかったんだ」

絶望的な気分で俺は答えた。「達也はひとりだったんじゃない。君と一緒にいたんだ」

洋子は何も言わなかった。じっと歩道橋の下を眺めているだけだ。俺は達也のお母さんからもらった手紙のことを話した。大掃除でおばさんが見つけたものとは、達也が去年使っていた予定表だったのだ。そこにはあの日の予定も書いてあったらしい。手紙によると達也と洋子は放課後に会う約束になっていたということだ。

「君たちはあの日の放課後、屋上で逢っていた。達也は君の目の前で落ちたのだ」

「でも……現場を見ていた一年の女の子達は、他には誰もいなかったって……」

「屋上には階段室というものがある」

俺は洋子の言葉を遮《さえぎ》った。「昨日たしかめてきた。彼女達がバレーボールをしていた位置からだと、階段室が邪魔になって君の姿は見えない可能性が強い」

俺はここで一呼吸置いて、「だけど俺が知りたいのはそんなことじゃないんだ」と言った。

「昨日、笠井美代子にも会ってきた」

洋子の表情に変化が見られた。ぐっと息を止めるのがわかる。

「彼女はなかなか正直に話してくれなかった。牡蠣《かき》のように口を閉ざしてね。でも警察には言わないからと説得して、ようやく本当のことを話してくれた。それによるとあの日やはり君は達也と一緒にいたということだ。だけどそれを君から口止めされたらしい。真相を警察に知らせないということを条件にね。そこで俺は知りたいんだ。なぜ君はそれほど、達也と一緒だったことを隠したかったのかを」

洋子は突然こちらを向いた。蒼白《あおじろ》いが、その顔は意外にも笑みを含んでいた。

「良ちゃんには全然見当がついていないの？」

いや、と俺は首を振った。「推理はしている」

「聞かせて」

彼女は楽しい話を催促《さいそく》するみたいに俺の顔を覗《のぞ》きこんだ。今度は俺が、歩道橋の手摺《てす》りにもたれかかり、下を見下ろした。

「あの日のように俺は例の屋上に上がってみた。そして君が立っていたと思われる場所に立ってみて、あのときの状況を思い出してみたんだ。そうすると今まで気づかなかったことが見えてきた。それは例の姿見のことだ。君が立っていた位置からなら、当然被服室の窓際においてあった姿見は見えたはずなんだ」

ここで俺はことばを切り、

「いいかい、ここから先は全部俺の想像なんだ。空想というべきかもしれない。だけどとりあえず最後まで聞いてくれ」

と言った。

「達也と洋子は恋人同士――これは小学生の頃からの、動かしがたい事実だったよな。二人はいつも一緒、二人は絶対離れない、誰もがこう思っていた。だけどもしかしたらそれは君にとって負担になっていたかもしれない。だって人の気持ちというものは必ず移りかわるものだからね。君が達也を嫌いになったとか、つきあうのに飽《あ》きたとかじゃない。君はもっと他の世界と接したかっただけなんだろ」

灰色の空間が俺たちを包みこんでいた。端からは二人のことはどんなふうに見えることだろう。別れないでくれと男が頼んでいるように見えるか、それとも別れてくれと説得しているように見えるか……。

「あの日、達ちゃんは」

洋子はゆっくりとしゃべりだした。終わる、と俺は思った。何がかはわからない。おそらく全てが終わる。

「屋上にあたしを呼んで、こう言ったの。北海道の大学を受けるつもりだって。あたしはちょっと驚いたけど、すぐに納得したわ。彼、獣医になりたいって言ってたもの。でもその次に彼が言った言葉は、本当にあたしを驚かせたわ。君も一緒に北海道に行ってくれ、こう言ったのよ。一緒に北海道の大学をうけてくれってね。面食らったわ。それで黙っていると、彼はこんなことも言いだしたの。『僕はこの先ずっと君のことを想い続ける自信がある。君のためなら何でもできる』ってね。そうして彼は、その証拠を見せるとか言って、屋上の柵に上がりだしたのよ。このとき、あたしは心底彼のことが負担になったの。彼の好意も、彼との過去も」

「なぜそれを率直に言わなかったんだ」

俺は訊いた。

「これっきりにしましょうって言うの？」

「言うべきだった」

「そう言っても、良ちゃん、あたしと付き合ってくれた？」

「俺？」

俺は迷った。いや迷わない。答えは決まっている。ノーだ。古くさいけど、それが俺達の友情だった。

「でしょう？　だからあたしは苦しかったのよ。はっきり言うわ。小中学生の頃、達ちゃんはたしかにあたしの理想だった。絶対に人には負けないっていう姿勢に魅力を感じていたのよ。でも高校に入って、彼はだんだん物足りなくなっていったわ。彼は負けることに慣れて、平凡でいることに満足し始めたのよ。その頃からあたしは良ちゃんに魅《ひ》かれていった。良ちゃんはチャンピオンではなかったけれど、いつも何かをめざしてた。あたしはそういう、目の輝いている人が好きだったのよ。ねえ、これでもやっぱり浮気？　たかだか高校生ぐらいで、他の人を好きになることが、そんなに悪い？」

洋子は泣き笑いのような表情をつくった。そのかなしげな瞳《ひとみ》は、さすがに俺の心に焼きついた。

「あたしもう、小さな恋にしばられていることが耐えられなくなったの。あたしはあたし、達ちゃんの恋人としてでなく、佐伯洋子個人として生きていきたかった。でも誰もそうは見てくれない。まるで人に自分の人生を決められてるみたいに……好きな人に気持ちを打ち明けることさえできない。おまけに達ちゃんの真剣さが、ものすごく重くのしかかってきたの。向かいの校舎で何かが光ったのはそのときよ。あたしは否定しない。十分の一か百分の一の確率に期待したのよ。期待して言ったの。『達ちゃん、あれは何かしら』って」

細い声だったが俺の耳には叫んでいるように聞こえた。子供の頃に芽生えた恋が、こんな結末に至ろうとは、いったい誰が予想しただろう。姿見で太陽光を反射させたのは笠井美代子だが、それを達也が見るようにしむけたのは洋子だったのだ。

洋子はしっかりと口を閉じた顔を、真っすぐに夕日のほうに向けていた。オレンジ色に染まった頬を、一筋の涙がつたう。何のための涙で、誰のために流すのかも今の俺にはわからない。

俺にはかける言葉がなかった。それにもう会うこともないだろう。

俺はゆっくりと歩きだした。道行く人が、皆俺と洋子の顔を見較べていく。男が女を捨てたところに見えるのかもしれない。

ロングヘアの女の子がタイミングよくさしだしたロック喫茶のちらしを、俺は無意識に受け取っていた。

闇の中の二人

1

カーテンの隙間から、薄日が漏れはじめる頃。

空気を震わせてベルが鳴った。規則正しく活動していた心臓を蹴とばされて、永井弘《ながいひろ》美《み》は布団から飛び起きた。光になじまない目を細めて、机の上の目覚まし時計をさぐる。アラーム・スイッチをいくら押しても鳴りやまず、手にとって時刻を見て、ようやく犯人が時計でないことを知った。

――こんな時間に……

午前六時五十分だった。こんな時間に電話をかけてくるとすれば、郷里の両親かあるいは生徒と決まっている。毛布を身体に巻きつけたまま布団から起きる。手を伸ばして触った受話器の感触は、冷蔵庫に入れてあったかのように冷たかった。

「永井ですが」

眠そうな声が出てしまった。

「もしもし」

ためらったような若い男の声。やはり生徒だと弘美は思った。聞き覚えもある。だが名前も顔も咄嗟に出てこず、「萩原《はぎわら》です」と言われてようやく頭に浮かんだ。

「今日、休みます」

萩原信二《しんじ》は沈んだ声で言った。弘美は嫌な予感がした。

「どうしたの？」

少し沈黙。やがて、「弟が……」と絞るような口調で話しだした。

「弟さんが？」

「……死にました」

「………」

今度は弘美のほうが沈黙した。頭に浮かんだことは、萩原信二に弟がいたかなという、ごく基本的な疑問だった。

「ご病気？」

「いいえ」

弘美がどきっとするほど強い調子で信二は続けた。「殺されたんです」

「えっ」というような声を弘美は出した。受話器を持つ手がじっとりと汗ばんでくる。

「殺されたんです。朝起きたらベビーベッドの中で死んでいて……それで……」

2

萩原信二の家を回っていくから一時限目は自習にしておいて欲しいと、弘美が教務主任に電話したとき、学校側では誰も事件のことを知らない様子だった。それで概要を彼女が話すと、しわがれ声の教務主任はかなり驚いたようだったが、すぐに、

「でも、先生が行かれても仕方がないんじゃありませんか？」

と乾いた声で言った。弘美はムッとした。

「今、彼は相当なショックをうけていると思います。こういうときはほんの一言でも声をかけられると随分救われた気分になるものです。私はその一言をかけに行きたいんです」

彼女は押えて言ったつもりだが随分大きな声が出た。その剣幕が伝わったのだろう。教務主任はそれ以上何も言ってこなかった。

――でも何と声をかければいいんだろう？

信二の家に向かう途中、弘美はずっとそれを考えていた。大学を卒業し中学の教師になって三年になるが、こんな経験は初めてだった。勿論、生徒の肉親が亡くなって、そ

の葬儀に参列したことは二、三度ある。しかしこういうケースはない。おそらくベテラン教師でもないはずだと弘美は思った。

同じように小さく、同じような形をした典型的日本家屋が密集している中で、萩原家は白壁の洋館風で異質な光を放っていた。庭も大きく、二台のマイカーを収納できる駐車場もあった。だが弘美がすぐにここが萩原家だとわかったのはその外観からではなく、門の前に数台のパトカーが停まっているのを見つけたからだ。

弘美が門の所から中を覗くと、制服警官をはじめ警察関係者と思われる男達の姿が、庭や玄関に見られた。庭にいる者の中には、芝生のうえに這いつくばっている者もいた。彼女がしばらくそうしていると、制服警官が近づいてきて身分を訊いた。覗くという態度が不審に思われたのかもしれない。

名乗ると警官の態度は急に柔らかくなった。そして信二を呼んでくれるという。却って助かったと彼女は思った。

玄関先に現われた彼は、多少目が赤いだけで顔色はいいようだった。弘美を見て会《え》釈《しゃく》する余裕もあった。

「僕の部屋なら空いてるけど」

信二は、ややぶっきらぼうに言った。

信二には二階の八畳程度の洋間が与えられてあった。ふじ色のカーテンが揺れる窓際に机が置いてあり、その上はきれいに片付けられてある。カーペットにはごみ一つなく、壁際のベッドもきちんと整えられてあった。

「きれい好きなのね」

弘美が言ったが、信二は何とも答えなかった。

信二は電気ストーブのスイッチを入れた。ほんのりとした明かりが、少しずつ濃くなっていく。ふたりはカーペットに腰をおろして、しばらくその温かい朱色を見つめていた。

「弟さん……おいくつだったっけ」

訊いてから弘美は、『ベビーベッド』という言葉を思い出した。

「三カ月です」

信二は重そうに口を開いた。

「そう……」

弘美は何か信二を元気づけられる言葉がないものかと考えていた。そのためにここへ来たのだから。しかし何を言っても空回りしそうで、正直なところ怖かった。そのとき彼女の心を見越したように、信二は言った。

「先生、気を使わなくていいよ。大丈夫だから」

えっ、と弘美は彼の横顔を見た。

「来てくれただけで嬉しいんだ。それに実感が湧かないせいか、それほどショックは大きくないし」

「そう……それを聞いて安心したけど」

逆にこっちが励まされたと弘美は思った。

信二は立ち上がり、窓際に近づいた。そしてアルミサッシのガラス窓を開けると、左のほうを指さした。

「弟はあの部屋で寝ていたんだ」

弘美も彼の横に立って、そのほうを見た。

「今朝、六時頃だったかな。僕はベッドで眠っていたんだけど、突然悲鳴が聞こえてね。とび起きて親父たちの部屋に行ったら、あの人が赤ん坊を抱いて、狂ったみたいに泣いてた」

「あの人って？」

弘美が聞くと、信二は乱暴にガラス窓を閉めて、

「親父の女房だよ。決まってるじゃないか」

と言った。

「ああ……」

弘美は、彼の実母が数年前病死し、二年前に父親が再婚したのだという話を思いだした。しかしなぜ『決まっている』のかは、よくわからなかった。

「庭に出るガラス戸の鍵がかかってなくてさ」

信二は窓の鍵を弄びながら言った。「犯人はそこから出入りしたらしいんだ」

「でもどうしてそんな赤ん坊を……」

「盗みに入ったところが、目を覚ました弟が泣きだしそうになったんで、衝動的に殺したんじゃないかって刑事は言ってた。まだはっきりしないけどね」

「ご両親はお気づきにならなかったの？」

「部屋の中はアコーディオン・カーテンで仕切られててさ、弟はひとりで寝かされていたんだ。それに真夜中で親父もあの人も熟睡中だったろうし、赤ん坊は無抵抗だしね」

そう言ってから信二は、「ああ、そうだ」と無感情な声を出した。

「どうやら首を絞められたらしいんだ」

「首を……？」

「うん。窒息死で、そういう跡があるんだってさ。素人目にはわからなかったけど」

そして信二は首を絞める手つきをした。

弘美は彼のしぐさから赤ん坊の首の細さを想像し、背中に何かぞくりとしたものを感じた。ベビーベッドに眠るか弱い生き物を、大人が長い手を伸ばして捻り潰している光景は、何だか現実とは遠く離れた出来事に思えた。

「それで、ご両親は？」

信二は軽く首を傾げた。

「さあ……親父は刑事につきあってるんだと思うよ。あの人は寝かされてるんじゃないかな。気を失ってたみたいだから」

無理もない、と弘美は思った。

信二は門のところまで送ってくれた。相変わらず刑事が歩き回っていたが、パトカーの数は減っているようだった。

ちょうどそのとき、白い高級セダンがどこからか現われて、萩原家の前で静かに停まった。サイド・ブレーキを引く音がし、エンジン音が止まり、中から三十過ぎぐらいの長身の男がおりてきた。グレーのスリーピースに身を包んだ男は、足早に弘美たちのほうに近づいてきた。

「重役は？」

案外若い声だった。

「いますよ」

顎《あご》で家のほうをさしながら、信二はそっけない口調で言った。男は彼のそういう態度には慣れているらしく、顔色ひとつ変えない。弘美のほうに形だけの会釈をすると、さっさと門を通っていった。

「あの人は？」

弘美が訊くと、信二は男が玄関をはいっていくのを見送って、

「会社の人だよ。親父の部下さ。優秀なんだ」と答えた。

「ふうん……何が優秀なの？」

「さあ」

信二は真顔のまま首を振った。「知らない」

それから弘美は彼の肩を軽くたたいて、

「じゃ、元気出しなさいね」

と言った。信二は少し表情を緩めた。

「大丈夫。本当に大丈夫なんだ」

「それならいいけど……」

大丈夫と念を押すように言う信二を後に、弘美は歩きだした。想像したよりもはるかに元気そうな様子を見て、ほっとしたというのが本音だった。しかし彼女は信二の目が赤く充血していたことに気づいていた。おそらく弟の死に直面し、泣いた跡なのだろうと察しがついた。許せない、と弘美は自分の影を未知の犯人にみたてて呟いた。

3

弘美が学校に行くと、まだ噂は広がっていないようだったが、三年生の担任たちは事件のことを知っていた。教務主任の片岡《かたおか》がしゃべったらしい。

「殺人事件だそうですね」

彼女が席につくのを待ちかねていたように、隣りの数学教師の沢田《さわだ》が話しかけてきた。弘美はこの男が嫌いだった。しょっちゅう煙草を吸っていて、その煙が彼女のほうに流れてくることも理由のひとつだが、男のくせにお喋りだということが最大の理由だ。

「萩原の弟というと、小学生ぐらいでしょ。残酷なことをしますな」

ヤニ臭い息が触れたような気がした。それを避けるように立ち上がりながら、弘美は、

「三カ月です」

と言った。ポカンと口をあける沢田の顔を横目で見て、彼女は少し溜飲を下げた。

英語の授業に行く途中、理科の早瀬《はやせ》に呼びとめられた。早瀬は年齢四十四、五、大柄で、白髪まじりだが豊かな髪をしている。進路指導の主任でもあった。

「萩原のショックは大きそうでしたか？」

よく響くバスで、早瀬は訊いた。

「いえ、それが心配したほどじゃなくて……」

弘美は、信二と会った印象を正直に伝えた。早瀬は安心したように何度も頷いた。

「それはよかった。何しろ今は一番大切な時期ですからね」

「ええ……」

今は十二月初め、有名私立高校の入試まであと二カ月もない。

「萩原は私立W高志望でしたね。となると、ますます大変だ」

「わかっています」

全国的にも指折りの進学校だ。他県からの受験者もかなり多く、この中学からは毎年一、二名しか合格しない。そして萩原信二は、その偏差値を満足する実力を備えていた。

「まあ大丈夫だと思いますがね。あいつは以前から、案外しっかりしたところがありましたから」

「そういえば先生は、萩原君の二年のときの担任をなさってたんでしたわね」

「ええ。しかしあいつの性格については、最後までわかりませんでしたな」

そう言って早瀬は、声を出さずに笑った。


昼を過ぎるとどこから情報が漏れるのか、生徒たちにも噂が広まりだした。廊下を歩いていたりすると、彼らのほうから噂の真偽を尋ねてきたりする。弘美は曖昧に答えたり話題をそらしたりして、適当にごまかしていた。

ごまかしきれなかったのは、五時限目終了後に教室を出たところで、三年二組の筒井《つつい》典子《のりこ》から質問されたときだ。彼女が萩原信二のガールフレンドだということを弘美は知っていた。

「本当なんですか？」

小柄な典子は一途な目で弘美を見上げた。その目に女教師は圧倒された。

「本当よ」

弘美は答える。するとたちまち典子の頬が紅潮していくのがわかった。じわっと音をたてるように目が充血していく。

「あたし、この前赤ちゃんを見せてもらったところなのに……」

「萩原君の家に行ったの?」

「はい。一緒に勉強しようってことで……。可愛い赤ちゃんで、萩原君にそっくりだった。そう言ったら萩原君、そんなことないってムキになったりして……」

典子は奥歯を嚙んだ。

「お葬式には出てあげなさい」

静かな口調で弘美は言った。典子は黙って頷いた。

アパートに帰ってからこの日の夕刊を見て、弘美は捜査の進行状況を知った。それによると、犯人は家の裏の塀を乗り越え、庭を横切って侵入した形跡があるということだった。室内はそれほど荒らされてはいなく、犯人が侵入してからかなり早い時期に、赤ん坊が泣きだしたのではないかと考えられているらしい。指紋の調査も進行中だが、今のところは手がかりなしということだった。

——でも不思議だな。

弘美は新聞を持ったまま首をひねった。

——なぜ鍵があいていたんだろう?

彼女が不思議だったのは、赤ん坊が寝ていた部屋の鍵があいていたということだった。

勿論人間である以上、誰でもうっかりすることはある。母親は施錠したつもりだったが実は忘れていた、ということなのだろう。しかし問題はその後だ。

——なぜ鍵があいていることが犯人にわかったのだろう？　あるいは犯人は、萩原家に侵入し出入口を物色しているうちに、偶然あそこの鍵がかけ忘れられていることを知ったのだろうか？　もしそうだとしたら……

信じがたい不幸だと弘美は思った。

4

萩原麗子《れいこ》が担当刑事の質問に答えられるようになったのは、夕方六時を少し回った頃だった。あまりのショックで狂乱状態になった彼女は、睡眠薬で四時ぐらいまで眠らされていたのだが、起きてからも赤ん坊の名を呼び続け、事情聴取できる状態ではなかったのだ。

彼女に対する質問は萩原家の応接室で行なわれた。

「つまり」

県警捜査一課の高間《たかま》は、柔らかい口調で言った。

「奥さんがベッドにつかれたのが、十一時頃、そしてご主人が出張からお帰りになられたのが、十二時頃――というわけですね」

「そうです」

答えたのは、麗子の身体を支えている萩原啓三《けいぞう》だ。薄くなり始めた髪は乱れ、顔の皮膚にも張りがなく、疲れがにじみでている感じだった。彼が答えた後、麗子も無言で頷いた。

啓三の事情聴取はすでに終わっていた。彼の証言によれば、昨日は出張で外泊の予定であった。ところが仕事が意外に早く片付いたため、深夜になるのを覚悟で帰ってきたのだという。そしてそれが十二時頃ということだった。

「ご主人がお帰りになられたとき、奥さんは目をさまされましたか？」

部屋全体にはヒーターが効いているし、厚手のガウンを着ているにもかかわらず、彼女は身体を震わせていた。彫りが深く、元気なときにはみずみずしさを象徴するであろう美しい顔も、今は蒼ざめている。そして口を開いたときの唇の動きもぎごちなかった。

「さまし……ました」

「なるほど。それでその後、すぐに眠りにつかれましたか？　たとえば三十分ぐらい、ベッドの中で考えごとをしていたとか」

「していたかも……よく覚えていないんです」

「でしょうな。それでそのときにも、何か物音を聞いたとかいうこともないわけなのですね？」

ええ、と麗子は力なく頷いた。

その後刑事の質問は戸締まりのことに及んだ。彼女は再び、嗚咽をもらした。

「あたしが悪いんです。あたしがしっかり戸締まりしていたなら、こんなことにはならなかったのに……」

啓三は無言だった。言いようのない無念さを眉間《みけん》の皺《しわ》に刻み、とにかく今は、崩れそうな妻の身体を支えていた。

「今までに施錠を忘れたことは、しばしばあったのですか？」

ないと答えるように、彼女は身体ごとかぶりを振った。

高間刑事は質問を繰り返した。過去に泥棒にはいられたことはなかったか、家のまわりであやしい人間を見掛けたことはなかったか――等、なんとか犯人を捜しだす糸口をみつけようとしていた。

「では最後に――まあこういうことをお訊きするのも失礼なのですが――誰かに恨まれているということはありませんか？　これはお二人への質問ですが」

二人は顔を見合わせた。こういう質問は予想外だったか心外だったか、とにかくすぐには答えず、かわりに啓三が、

「我々への恨みから赤ん坊を殺した……と？」

と訊きかえした。高間は無表情で言った。

「あまりにも残酷なものですからあるいは、と考えただけです。どうかお気になさらないでください」

夫婦は再びお互いの顔を見た。そして二人の意見を代表するように、啓三は答えた。

「考えられません。良いことにしろ悪いことにしろ、我々がそれほど人に影響を与えてきたとは思えませんから」

萩原家を出た高間刑事と若い日野《ひの》刑事は、家の付近をひとまわりした後、駅に向かって歩きだした。

「しかしまあ、なんというか」

高間は唇の端を曲げた。「嫌な事件だ」

「嫌ですね」日野も同意する。

「嫌だ。殺しには慣れているが、こういうのはどうもな。悪魔には悪魔なりの、規則と

いうか、とりきめというか……とにかくこれだけはやっちゃいけないという……」

「タブー」

「そうそう、タブーだ。それがあるとしたら、今回のはそれを破っているような事件だ。もしタブーになっていないなら、さっそくこういう項目を作ってもらいたいね。『赤ん坊は殺害するべからず』ってね」

「やりきれないですからね」

「やりきれない」

高間は顔をしかめて頷いた。

通報をうけて駆け付けたとき、死体はまだベビーベッドの上だった。眠っているような顔をしてはいたが、皮膚につやがなく、全身はすでに変色を始めていた。死体は見慣れているはずの高間だったが、さすがに背筋にぞくりとしたものを感じた。と同時に、どういうわけか何年か前に見た、『ローズマリーの赤ちゃん』という映画を思い出した。話の筋は忘れていたが、醜い赤ん坊が出てきたのだけは覚えている。

首を絞められたらしい、と鑑識は無味乾燥な声で言った。ほう、と高間は答えはしたが、現実味の湧いてこない気分だった。

柔らかい肉塊を捻り潰す感触を想像し、また少し胸が悪くなった。

「付近の聞き込みのほうはどうだ？」

高間が訊いた。日野は鬱陶《うっとう》しい顔で首をふる。

「むずかしいですね。死亡推定時刻は午前二時から四時ということでしたが、そんな時間に目をさましている人間なんて、そうはいませんからね」

「手がかりなしか」

「今のところは」

うーむと高間は唸った。

駅に着くと二人は、所轄署の方面に向かう電車に乗った。捜査本部はそこに設置されている。

それほど混む路線ではなかったが、時間帯の関係から空席は全くなかった。高間はつり革を持った右手に身体を傾けながら、

「どうも解せないんだがな」

と呟いた。

「何がです？」

「例のガラス戸の施錠のことさ。昨夜はたまたま忘れたのだという。そしてその日たまたま暴漢がはいった」

「都合が良すぎますか？」

「そうは思わんか？」

「しかしその点を疑うということは、萩原家に共犯がいると疑っていることになりますよ」

「だめか？」

「さあ」日野は首を捻った。「少なくとも、私の理解を越えています」

「俺だって理解できるわけじゃない」

高間は不機嫌そうな声で言った。

5

翌日も、高間と日野のふたりは、萩原家周辺の聞き込みにでかけた。住人たちは事件のことを知っていて、かなり協力的ではあったが、実質的な収穫はなかなか得られそうになかった。日野が言うように、午前三時頃に起きている人間のほうがどうかしているのだ。

ただ何軒目かの家の主婦から、ちょっと耳よりな話を聞いた。彼女の親戚がこの近所に住んでいて、そこのひとり息子が深夜に町内をジョギングする習慣があるのだという。そのコースにたしか、萩原家周辺も入っていたはずだと彼女は言った。

「そんな時間にジョギングですか？」

高間は目を丸くした。

「受験生なんですよ。二浪してましてね、昼間は寝ていて、夜になると起きてきて勉強を始めるんですよ。それで勉強に疲れたら、気分転換にジョギングにでかけるんですって。丑三《うしみ》つ時ランニングとかいって、本人は悦にいってるらしいですけど……」

この話を聞いたふたりは、早速その受験生に会いに行った。萩原家からは少し離れていて、聞き込みの範囲には入っていなかった。

「丑三つ時ランニングね」

高間は苦笑を漏らした。「そういう人種もいるんだな」

「受験生は運動不足ですからね。でももしその受験生が何かを見ていたとしたら、我々は感謝しないといけない」

「たしかに」

高間は頷いた。

二人が行ったとき、光川幹夫《みつかわみきお》というその受験生は布団の中だった。時計は正午を示している。起こしてきてくれるように母親に頼むと、十分ほどして眠そうな顔をした幹夫がパジャマ姿で現われた。

「ごめん、ごめん。まだ眠っていたそうだね」

高間があやまると、幹夫は無愛想な顔のまま、

「ちがいますよ」

と言った。「今、布団にはいったところでした」

幹夫は事件のことを知らなかった。新聞を読まないし、家族と話をする時間も短いからなのだという。もっとも彼は、事件の内容を聞かされても、格別の反応を見せるわけでもなかった。

ジョギングのことを訊くと、彼はちょっと自慢気に、「青っちろい受験生なんて、はやりませんからね」と言った。

「で、昨日も走ったのかね？」

だが幹夫は、むさくるしい髪をボリボリ掻きながら、

「走ってません」

と答えた。

「走ってない？　どうして？」

「風邪気味でね、体調が良くなかったんですよ」

「そうか……」

高間は日野と顔を見合わせて、小さなため息をついた。これでは質問の続けようがない。勢いこんだが、どうやら空振りらしいのだ。

「じゃあ、あの日のことを訊いても仕方がないわけか」

「そうですね」

高間と日野は諦めて帰ろうとした。だがそのとき幹夫は気になることを言った。

「あの日以外でもいいなら面白いんですがね」

挨拶を述べて帰ろうとしていた高間の足が止まった。

「何か面白い話でもあるのかね」

「ちょっとね」

幹夫は首をすくめるしぐさをした。「僕はほとんど毎日あのあたりを走るんですがね、たまに、『あれっ？』と思うようなことがあるんですよ」

「聞かせてくれないか」

高間はふたたび腰を下ろした。

「どうってことないかもしれないですけどね。あの家のまわりを走っていると、たまにどこかの車が路上駐車していることがあるんですよ。で、しばらくしてもう一度そこを通りかかると、もういなくなっている。こんなことが、五回ぐらいありました」

「車……どんな車だったかな？」

高間は気負い込んだが、幹夫は、「知りませんね」とそっけなく言った。

「車に興味を持つのは大学に入ってからと決めているんでね。でもケチな大衆車じゃあなかったですよ。白色で、わりに大きかった」

「運転手の顔は？」

「見たことないですね。いつも見るのは車だけで」

「いつ頃からか、覚えていないかい？」

「一カ月ぐらい前からかな……」

その後高間たちは、幹夫に二、三質問してからその家を出た。

駅前の喫茶店で、サンドイッチをコーヒーで流し込みながら、高間は訊いた。

「どう思う？」

「二つ考えられますね」

と日野はカレーライスをむさぼる。「一つは、犯人が犯行の下調べをしていたという考え。もう一つは、誰かが人目を忍んで萩原家に出入りしていたという考えです」

「最初のセンはないな。車を停めて堂々とできることじゃない」

「すると……」

「浮気じゃないかな」

言葉以上に断言した口調だった。

「萩原麗子はまだまだ若い身体をしている。啓三ひとりが相手で、どれだけ満足していたかはあやしい。しかも彼は出張で家をあけることが多いという」

「出張のたびに浮気をするわけですか……そういえば事件のあった日も、啓三は出張で外泊の予定だった」

「それだ。あの夜も浮気相手はやってきたんだ。まさか啓三が帰っているとは思わないからな。そして麗子もそのつもりでガラス戸の鍵をかけないでおいた」

「ところが啓三は帰ってきた。男が侵入したとき、彼はすでにベッドの中にいたんですよ。そこでいそいで退散しようとしたとき、赤ん坊が泣きだした」

「啓三に目をさまされてはいかんと首を絞めたわけか。となると、麗子はこのとき眠っていたんだろうな。いくら浮気を隠すためとはいえ、我が子を殺されるのを黙って見ているはずはないからな」

「決まりですよ」

ふたりは食べかけのまま、勢いよく立ち上がった。

6

事件から五日が過ぎた。萩原信二はまだ登校してこなかった。葬儀も終わり、これ以上休まねばならない理由はないはずだった。永井弘美は、今日何度も学校から電話したが、誰も受話器を取らなかった。

――何かあったのかもしれない。

そう思って弘美は、学校の帰りに萩原家に立ち寄ってみた。ここに来るのは葬儀のときを入れて三回目だった。葬儀のときも、信二は結構元気そうにしていたのだが。

屋敷は前に来たときに較べて、随分ひっそりとしているように感じられた。前が事件の当日であったり葬式だったり、とにかく人間が多いときだったせいもあるが、今日は曇り空の上に邸内の灯りがほとんどついていないために、余計しんとした雰囲気を際だたせているようだ。

弘美はちょっとためらった後、門のところのインターホンを押した。チャイムが鳴っているのかいないのか、まったく手ごたえがない。弘美はその場で待った。空しく時間が過ぎていくような気がした。
二、三分待った後、弘美はゆっくりと歩きだした。留守では仕方がない。だが、そのとき突然インターホンから、『はいんなよ、先生』と聞こえてきた。信二の声だった。弘美はあわててマイクに向かって言った。
「萩原君、あなたどうして……」

『ちゃんと話すからはいってきなよ。玄関の鍵はあいてる』

弘美はため息を一つついて門を通った。ガレージにあるはずの二台の車のうち、大きい方のセダンがないことに気づいた。

玄関の扉を開けると、信二が笑顔で待っていた。どうやら彼ひとりらしい。

「どうして学校にこないの？」

「説教はあとさ」

信二はなんだか楽しそうに、彼女を部屋に招き入れた。

「インターホンのチャイムが鳴ったらさ、こいつでここから覗いてみるんだ。会いたくない客は無視する」

双眼鏡を持って、彼は窓際に立った。たしかに、ここからはよく見えそうだった。

「電話もしたのよ。誰も出なかったわ」

「ベルの音だけじゃ、どこからかかっているのか判断できないからね。一切出ないことにしているんだ」

「ご両親は？」

「いないよ」

なんでもないことのように、信二は言った。

「いないって……」

「親父は会社、あの女はどこに行ったかは知らない。ふたりとも帰ってこないんだ」

信二はベッドの上に、どさっと腰を落とした。「先生覚えてるだろ、事件のあった朝にやってきたキザな男。白のクラウンに乗ってさ」

「ええ」弘美は頷いた。「お父さんの会社の人でしょ。優秀だっていう」

「あいつが捕まったんだ」

「えっ？」

一瞬彼の喋った意味がわからず、彼女は表情も変えずに聞き直した。

「中西《なかにし》っていうんだけどね、あの女の浮気の相手だったらしいよ。僕は知らなかったけど、親父の出張のたびに真夜中にやってきてたんだってさ。それで事件のあった日も親父は出張の予定だったから、忍び込んだ可能性は強いって疑われているようだよ」

義理の母親が父親の部下と浮気――信二は、まるでクラスメートの噂話でもするような軽い調子で喋った。

「昨日会社に警察が来て、中西を連れていったらしいよ。親父は昨日から出勤しているんだけど、ゆうべは帰ってこなかった。家にも刑事が来て、あの人にいろいろと訊いていったよ。僕はそのときの話をこっそり聞いたんだけどね。あの人は浮気のことを否定してた。でもその夜からいなくなっちゃったんだから、認めたようなものだね。金は充分あるから、僕としては気楽でいいんだけど」

「お母さん、どこに行かれたか心当たりないの？」

「ないよ。探す必要もないし」

「でも……」

と弘美は考える目つきになって信二を見た。「もし本当にその中西って人が犯人なら、お母さんは浮気を否定したりしないと思うわ。だって犯人を庇うことになるんだもの」

信二は答えなかった。ベッドに身体を倒すと、しばらく無言で天井をながめていた。やがて、「さあね」と吐き捨てるみたいに言っただけだった。

弘美はちょっと間をもてあまして、部屋の中を見回した。机の上には教科書とノートが開いておいてあり、スタンドの灯りもついたままだった。この局面で自主的に勉強できるという精神が、彼女には理解できなかった。

「それで」

今日、ここへ来た目的を思い出した。「学校には来ないつもりなの?」

「学校ね」

信二は勢いよく身体を起こすと、机の前にいって引出しの中をさぐりはじめた。そして彼は小さな瓶を取り出し、弘美に差し出した。

「これ、あげるよ」

それは香水の瓶だった。『Vol de nuit』とラベルにはある。日本名が『夜間飛行』ということを弘美は知っていた。フランスの品だ。

「どうしてこんなものを持ってるの?」

彼女は訊いた。

「まあいいじゃない」

と信二。「とにかくあげるよ」

「貰うわけにはいかないわ。こんなものを」

「貰ってほしいんだよ」

「だめよ」

弘美は強い口調で言った。信二の顔が、ピクリと厳しくなった。

「じゃあ、ひとつだけ頼みを聞いてほしいんだ」

彼はつぶやくように言った。「今だけちょっと、この香水をつけてみてよ」

哀願するような目で彼は弘美を見つめた。

切羽詰まったような光に彼女は圧された。

「今だけでいいのね」

彼女は小瓶の蓋を開けると、中指に少しのせて、それを耳の下につけた。甘くほろ苦いような香りが、ゆるやかに空間を包んでいく。

「これでいいの？」

弘美が訊くと、信二はやや躊躇しながら、「近くで香りを嗅いでいい？」と言った。

弘美は一瞬迷ったが、すぐに、「いいわよ」と答えた。媚びるような目が苦手だった。

信二は彼女の前に来ると、ゆっくりと顔を近づけてきた。そして鼻をつきだして、小さく呼吸をした。

「いい匂いだ」

「もういいわね」

弘美が小瓶の蓋をしめて信二に返そうとしたときだった。彼は突然彼女に飛びかかってきた。それは襲いかかってくるというよりも、むしゃぶりついてくるといった感じだった。彼女はタックルされたように後ろに倒され、その上に信二が乗りかかってきた。

「何するのよっ、やめなさい」

弘美はもがいたが信二の身体をふりほどけなかった。凄い力だった。信二の唇が首筋に触れるのがわかった。

「やめてよっ、ガキのくせに」

弘美は右手を思いきり振った。掌が信二の耳に当たって、パチンとはげしい音がした。この一撃で信二の力が緩み、弘美は彼の腕から脱出した。ほんの短い間に全身から汗が滲み出ていた。

信二はまだうつぶせになったままだった。弘美は壁際に立ち、じっと彼を見下ろしていた。どちらも何も言わない。静寂の中で、二人の荒い息遣いだけが響いた。

「なに……するのよ」

弘美は彼を見下ろしてもう一度言った。しかしそれは、先程のような鋭い声ではなかった。

信二は激しい呼吸で背中を波打たせていた。だが弘美はやがて、彼の身体が小刻みに震えていることに気づいた。

信二は黙っていた。両手の拳を握りしめ、まるで苦痛をこらえているように全身を強《こわ》ばらせていた。そしてしばらくしてから彼は、呻くように「ごめん」と言った。

「どうしたっていうのよ？」

「ごめん」

うつぶせのまま、彼は繰り返した。「今日は帰ってくれよ」

弘美はバッグとコートを持って廊下に出た。信二は動かない。横たわった彼の背中に弘美は訊いた。

「明日は……来る？」

だが彼の反応はなかった。小さいため息をつくと、彼女は玄関に向かって歩きだした。

「萩原君……」

7

中西幸雄《ゆきお》は犯行を否認し続けていた。犯行だけでなく、萩原麗子とのこともまだ認めていなかった。捜査陣側も証拠らしい証拠を摑めず、焦りの色が濃くなっていた。

「解せん」

高間は煙草の吸い殻を灰皿の中で捻り潰しながら吐き捨てた。

「中西と麗子が出来ていたのは事実なんだ。これは間違いがない。そして事件の夜、中西が萩原家に忍び込んだのも確かなんだ」

浪人生の光川幹夫の証言から、高間と日野は、萩原家の関係者の中から白い高級車に乗る人間をリストアップした。そしてそこから、夜自由に行動できる人間、つまり一人暮らしかそれと同等の生活をしている者だけを選び、さらにその中から萩原麗子と顔を合わせる機会の多い人間を捜しだしてみた。

中西幸雄に至るのに時間はかからなかった。彼は萩原啓三の側近の部下であり、萩原家に出入りすることが多い。当然麗子とも顔みしりになっていただろう。さらに彼の愛車は白のクラウンであり、その車の写真を光川幹夫に見せたところ、「こういう感じの車だった」という、曖昧ではあるが一応の証言を得ることもできた。また事件当夜をはじめ、啓三が出張の夜の中西のアリバイは、すべてあやふやであった。

ただ決め手がないだけだった。

「大丈夫、そのうちにきっと尻尾を摑んでみせますよ」

隣席の日野は湯呑みを片手に、力強く言った。

「それは頼もしいが、俺が解せんと言ったのはそういう意味じゃないんだ」

高間は煙草の箱から、折れ曲がった一本を抜きだした。「萩原麗子の心理がわからんのだ」

「麗子の心理……ですか」

「うん。中西があの夜侵入したことを知っていたのなら、麗子はすぐに赤ん坊を殺したのは奴だと考えて、何らかの行動に出たはずだ。少なくとも、今回のような状況になったら、すべてを告白して中西に法の裁きを受けさせようとするんじゃないだろうか。ところが彼女は何もしない。いやそれどころか、行方をくらましてしまった。浮気の事実を認めてまで、我が子の仇を討ちたいとは思わないのだろうか？」

「なるほど、難しいですね」

「だろう？　だから解せんのだ」

高間はせわしなく煙を吐いた。

萩原麗子が出頭してきたのは、その日の夕方だった。突然姿を消して、捜査陣側もあわてていただけに、知らせを聞いた高間は小躍りした。

「ようやく全てを話す気になったようだぜ」

彼は意気揚々と面会室に向かった。

麗子はかなり疲れているらしく、無遊病者のようなたよりない足取りで現われた。化粧気はまったくなく、顔の肌もかさついて見えた。

高間はまず彼女がどこにいたのかを訊いた。女友達のマンションだと彼女は答えた。

「そこでゆっくりと考えていたんです」

「何を……ですか?」

「犯人は誰か、をです」

高間は麗子の顔を見た。彼女の顔に精気はなかったが、目だけは思いつめたように一点を凝視している。

「萩原さん、我々はあなたに真実を語っていただきたいのです。事件解決はもう目の前まできています。あの夜お宅に忍び込んだのは、中西幸雄ですね?」

高間は麗子の口元を見つめた。彼女は小さく唇を震わせて、

「はい……」と答えた。

ふうーっと大きな息が高間の口から吐きだされた。そして彼は連絡しようと立ち上がりかけた。だがそのとき、麗子は言った。

「中西さんはたしかに来ました。でもあの人は犯人じゃありません」

高間の足が止まった。そのまま彼は彼女の肩を摑んでいた。

「何ですって？」

麗子は感情のない声で続けた。

「あの夜、中西さんは来ました。彼が来たことに気づくと、あたしは夫が目をさまさないように慎重にベッドを出て、カーテンの隙間から『今夜は夫がいるから帰って』って言ったんです。彼が塀を越えていくまで、あたしはずっと見送っていました。勿論彼は、子供に指一本触れませんでした」

8

萩原信二の弟が殺されてから十日が経った。永井弘美はようやく前のリズムを取り戻してきていた。生徒たちの受験まで、あと二カ月。いつまでも事件に振り回されているわけにはいかなかった。

信二は昨日からようやく学校に来るようになった。自分の席に座って窓の外ばかり眺めていて、クラスメートともあまり話していないようだが、そのうちにまた元気になるだろうと弘美は期待していた。

その日の放課後、弘美は教頭から席に呼ばれた。禿頭《はげあたま》の教頭は、無愛想な顔をさらに不機嫌そうに曇らせて、「刑事が来ていますよ」と言った。

「刑事が？」

「応接室ですよ。萩原のことだそうです。私も同席したいと言ったのだが、断わられましてね」

だから教頭は機嫌が悪いのかもしれなかった。

応接室に向かいながら、弘美は刑事の用件を考えてみた。例の事件のことに違いないのだろうが、自分が呼ばれる理由がわからなかった。

刑事は中年の男と若い男の二人組だった。中年のほうは背が低くてくたびれた背広をきていたが、若いほうは長身で仕立てのしっかりしたスリーピースできめていた。対照的で面白いはずなのだが、弘美はなぜか類型的だという印象しか受けなかった。

二人は県警の高間と日野と名乗った。

高間は事件の内容と、中西が取り調べを受けるまでのいきさつを簡単に説明した。弘美にとっては信二から聞いて知っていた話ではあったが、刑事の前では一応驚きの表情を見せることにした。

だがその後の刑事の話、すなわち麗子が中西の無実を証言したという話は、弘美を本当に驚かせることになった。

刑事は言った。

「母親が自分の子供を殺した犯人を庇うはずはありませんからね、この証言は充分に信用できるものだと思っています」

「そうでしょうね」

弘美は頷いた。

「ここで我々の捜査は行き詰まった、というより振り出しに戻ってしまいました。一体真犯人は誰なのか——改めて捜査をやり直すことになりました」

弘美は刑事の真意を摑みかねていた。何のために自分にこんな話をするのかもわからない。ただ不安な気持ちが湧きあがってくるばかりだ。

「ところで信二君ですが」

弘美の不安を見越したように、刑事の話題はいきなり彼女の世界に飛び込んできた。彼女はびくっとして、「はい」と背筋を伸ばした。

「事件後、どうですか？　様子が変わったということはないですか？」

「そりゃあ、ないってことはありません」

「まあ、あんなことがあったんですからな」

刑事は意味ありげな言い方をした。

「事件について彼と話をされたことはありますか?」

「少しだけ」と弘美は答えた。

「弟さんの死体をお母さんが見つけられたときのことも聞きましたか?」

「お母さんの悲鳴で目がさめたって……」

「そうです、そうです」

刑事は上半身を揺らすように、何度も頷いた。「悲鳴で目がさめた、と言いましたね」

「それが何か?」

怪訝そうな顔をして弘美が訊くと、高間刑事も真顔になって、

「それが問題なのです」

と答えた。「昨日我々は萩原家に行ってきました。捜査が振り出しに戻りましたからね。まずは現場に帰って、というわけです。ところがそこで偶然、実に不可解なことに気づいたのです」

もってまわった言い方だった。どうしてこんな喋り方をする必要があるのかと考えながら、弘美は刑事の口元を見つめた。

「つまりそれは、ご両親の部屋からいくら大声で叫んでも、間にいくつも部屋を挟んでいる信二君の部屋では、あまり聞こえないということなのです。少なくとも、熟睡して

いる人間を起こすほどの騒音にはなりえない」

この意味がわかるまで、少し時間がかかった。高間刑事はその時間を待つように、ゆっくりとした動作で煙草に火をつけ、たっぷり吸いこんだ煙を静かに吐きだした。空間で乳白色の図形が揺れるのをながめながら、

「萩原君が嘘をついていると……」

と戸惑いながら弘美は訊いた。

「そうとしか考えられないのです」

若い日野という刑事が初めて口を挟んだ。

「でも……どうしてあの子が？」

「不可解なことは、それだけではないのです」

高間は腰を前にずらし、身を乗り出して言った。「事件の前日はたしか雨だったですね。そのため地面が緩んでいて、中西が塀を乗り越えた靴跡は、はっきりと残っていました。もしあの夜、中西のほかに侵入者がいたなら、もうひとつ足跡が残っていないとおかしいことになります。ところが我々が懸命になって探しても、そんなものは見つかりませんでした。足跡に限らず、他の人間が忍びこんだ形跡はまったくないのです」

弘美は高間の言おうとしていることがわかってきた。同時に、なぜこんなに遠回しに

言うのかも理解できた。唇が乾き、掌から脂がにじんだ。

高間は彼女から目をそらさずに、淡々と言葉をつないだ。

「おわかりですね？　つまり犯人は外部の者ではない。そして先程の矛盾と合わせて、萩原信二君が弟さんを殺したのではないかと我々は推理しました」

弘美の頭の中で何かが破裂した。

「なぜ……」

ようやくこの一言が口をついて出た。

高間は腕組みをした。

「なぜ……。そうです。ここで最も重要なのは、なぜ信二君が弟さんを殺したのかということです。そして今日こうして我々がうかがったのも、その点について先生にご相談したいことがあったからなのです」

「相談と言われても」

弘美はうつろな顔のまま首を振った。「私には何もわかりません」

「そうでしょうな。しかし大丈夫です。先生は我々の組み立てた推理に対し、妥当性があるかどうかを、信二君の性格を考えた上で判断し意見を述べていただければいいのです」

「見当がついているのですか？」

自分にはまったくわからないにもかかわらず、と弘美は無力感を味わった。

「たとえばこういうことは考えられませんか？　信二君はずっと一人っ子としてかわいがられてきた。ところが弟が生まれたことにより両親の愛情が奪われ、それをねたんで……というのは？」

「考えられませんわ」

弘美はきっぱりと言った。「小学生ならともかく、中学生がそんなふうに思うなんてことは。それに萩原君はとくに親離れが早い子ですから」

「なるほど、そうかもしれませんな。ではこういうのはどうです？　信二君と母親の麗子さんはうまくいっていなかった。周りの人たちから聞いてみても、彼は彼女を避けていたふしがあって、彼女を母親とは認めたがらなかったようですね。しかし父親と彼女との間に子供が生まれ、彼女はれっきとした萩原家の主婦になった。むしろ彼らのつながりが深まることにより、今度は信二君のほうが彼らから切り離された立場になってしまった。彼にとってこれは耐えられない事態だった。そこで思いあまって、彼らの絆である弟を殺した」

熱っぽく喋る刑事の口元を、弘美はぼんやりと眺めた。そんなことはない、とは言えなかった。あるいはこれは、的を射た推理なのかもしれない。彼と継母との仲について心得てはいたが、ここまで彼の心が追いつめられていると考えたことはなかった。だがそれは、単に自分が生徒の心の襞《ひだ》を読みきれなかったに過ぎないのかもしれない。

「ありえない、とは言えません」

ため息をつくように彼女は言った。二人の刑事は満足そうに顔を見合わせる。

「でも私には信じられません。あの子が、たとえ異母兄弟であるにせよ弟を殺すなんてことは……。ガールフレンドに喜んで見せたりしていたという話なんですよ。よく似ているといったら、照れたりしたそうで……」

「しかし、彼が殺したのです」

高間は真剣な眼差しを、若い女教師に向けた。「よく似ていたそうですね。それは聞きました。しかし、犯人は彼なのです。残念ですが」

「残念です」

がっくりと弘美は首をうなだれた。

「では、我々はこれで」

刑事は立ち上がった。ここで弘美は彼らを見上げて、

「今から萩原君の家に？」

と訊いた。そうです、と高間は答えた。

「逮捕ということではありませんが、参考人として出頭してもらおうと」

「それなら」

と弘美は訴えるような目で高間を見た。「最後にひとつだけお願いがあるのですが」

9

萩原家に着いたのは、その日の七時頃だった。街灯に照らされた細い道を、弘美はゆっくりと門に向かって歩いていた。少し遅れて刑事たちも来る。彼女が彼らに頼んだことは、もう一度信二と会って話をしたいということだった。

「彼の口から真実を、じかに会って聞きたいのです」

彼女のこの申し出を、刑事は受けた。

門の前は暗かった。もしかしたらこの家の門は、ずっと前から暗いままだったのかもしれないと弘美は思った。

いつかのようにインターホンを鳴らそうとしたとき、誰かが前から歩いてくるのに気づいた。相手も弘美を見ているようだった。闇の中から現われたのは、三十前後の細身の女だった。切れ長の目が印象的だ。萩原麗子に違いないと弘美は思った。

「うちに何か？」

感情のこもらない声で女は言った。やはり麗子だった。

「信二君にお話があって……。担任の永井です」

弘美が軽く会釈すると、麗子は「ああ」と気のない返事をした。

「信二さんは学校に行ってますの？」

「ええ、昨日から……」

「元気そうでした？」

「はい、まだ以前ほどではありませんけど、かなり……」

「そう。立ち直りが早いのね」

麗子は視線を邸内に向けながら言った。その口調はぞくりとするほど冷たく、弘美は一瞬はっとした。

麗子は弘美のほうに目を戻して言った。

「すみませんけど、今日のところはお引きとり願えません？　ちょっとこちらに予定があるものですから」

彼女は何気なさそうに髪をかきあげた。その途端、でも、と言いかけていた弘美は口を閉ざした。身震いするような衝撃が、弘美の身体の中を通り抜けていった。

「それでは」

麗子は軽く頭を下げると、門の中に消えていった。弘美は金縛りにあったように、その場に立ちつくしたままだ。その弘美のところへ二人の刑事が駆け寄ってきた。

「どうしました？」

高間は息をきらせながら訊いた。

「今日は帰ってくれって……予定があるとかで」

「予定？」

「荷物でもまとめに来たのでしょうか？」

日野が真顔で言ったが、すぐに高間は「まずいな」と唇を噛んだ。

「麗子は信二を殺すつもりだ」

言うが早いか、高間は門をくぐり邸内に駆け込んでいった。日野も後に続く。弘美はただ呆然と彼らの後ろ姿を見送っていた。

刑事たちが入ってからどのくらい時間が経っただろう。ほんの数分のはずだったが、弘美は随分長い間、そうして佇んでいたような気がした。邸内でどんなドラマが演じられているのか、弘美は想像したくない気分だったが、今この場を逃げ出すわけにはいかないという意識だけは彼女の心に強く貼り付いていた。

玄関の戸が乱暴に開けられる音がして、弘美は顔をあげた。と同時に室内の灯りを背に、数人のかたまりがシルエットになって彼女の目に飛びこんできた。そしてもつれるように玄関を出た彼らは、やがてふたつに分かれた。先を歩いてくるのは高間と麗子だった。髪をふり乱し、涙で目を腫らした麗子を、高間は抱きかかえるようにして連れてくる。二人の口元からは、ひっきりなしに白い息が吐きだされていた。後に続く揺れるような影は、信二と日野刑事だ。

ちょうどそのとき、パトカーの非日常的なサイレンの音が近づいてきた。もしかしたらそれは、先程から聞こえていたのかもしれない。だが弘美が気づいた直後には、あの赤い回転灯が姿を見せていた。

高間たちは門を出てきた。弘美は何か話しかけようとしたが、麗子の様子に、思わず後ずさりしていた。彼女はまるで半病人のように視点の定まらぬ目を宙に漂わせている。弘美の存在にも反応を示さなかった。

最初に来たパトカーに高間は麗子を乗せた。そして彼が制服の警官と話している間に、日野に連れられて、信二が出てきた。

信二は、今日弘美が学校で見たときと同じ表情をして現われた。少し顔が蒼ざめているが背筋を伸ばした歩き方にも乱れがなかった。

弘美が近づくと彼のほうも気づいて立ち止まった。彼女は言った。

「わかったような気がするの」

「……………」

「萩原君が苦しんでいた理由よ。ついさっき」

信二はかすかに口を動かしたようだ。しかし声になって届いてはこなかった。

「夜間飛行……あの人の匂いだったのね」

信二は目を伏せた。そしてふたたび顔をあげると小さく笑って言った。今度ははっきり聞こえた。

「さよなら、ありがとう」

10

パトカーの窓の外をさまざまな種類の光が流れていく。道を歩く人々は、皆憂鬱《ゆううつ》そうに背中を丸めている。そのくせ足の運びは、まるで何かいいことでもあるのかと思うほど忙しそうだ。忙しそうにそれぞれの闇の中に消えていく。闇の中に消えていける彼らが羨ましいと信二は思った。見慣れたはずの光景が、なんだかとても貴重な一場面に感じられた。

「月が明るいな」

ぽつりと信二は言った。だが隣りの刑事は聞きとれなかったらしく、ちょっと彼のほうに首を曲げただけですぐまた前を向いた。

——あの夜も月が明るかった。

信二はちょうど一年前のことを思い出していた。去年は今年と違って、今頃はもう寒くてベッドにはいってもすぐには寝つけないほどだった。カーテンの隙間から漏れる月明かりをながめながら、信二はベッドの中で縮んで、冷たい足先をこすりあわせていた。麗子が入ってきたことに気づいたのは、彼女がドアを締めたときだった。びくっとして首を起こしたときには、彼女はもう枕元に来ていた。

麗子は覗きこむような格好で信二の鼻先に顔を近づけると、妖しい目つきで囁いた。何を囁いたのかは覚えていない。ただ熱い息を頬に受けた感触だけは、今もはっきりと残っている。

彼女は手を布団の中に入れてきた。そしてするすると、何のためらいも迷いもなく、その手は信二の股間に到達していた。彼が示した反応に、麗子は満足したようだ。「クックックッ」と噛み殺したような笑いを漏らした。

ベッドの中に彼女がはいってきた。冷たいが柔らかい肉体だった。二人分の体重で、ベッドが軋む音が耳に残った。

彼にとっての初体験だった。

めくるめく——というわけでも、夢のようでもなかった。あれは嵐だった。股間がうずき、震え、それが消えたときにはすべて終わっていた。麗子もベッドから下りていた。

「内緒よ」

そう言って麗子は部屋を出て行った。うつろな目で信二はその後ろ姿を見送っていた。

——あれは契約だったのだ。

信二は回想しながら思った。あの頃信二は、父親が勝手にどこかから連れてきた新しい母親を毛嫌いしていた。何かにつけ反発し、決して母親と認めようとはしなかったのだ。そんな息子を新しい母親は誘惑した。一度関係を持っておけば逆らわなくなるだろうと考えたのだ。そしてその大人の女の知恵はまんまと成功した。彼は新しい母親に対し、あこがれに似た感情を覚えるほどになったのだった。

そして一年が経った。

信二はあの日以来、麗子と関係を持つことはなかった。麗子が妊娠していたせいもあるが、巧みにはぐらかされているという感じだった。それがつまり、彼女の術中にはまっていたということなのだった。

信二が麗子の浮気のことを知ったのは、皮肉な偶然だった。父親が出張の夜、彼は麗子の寝室に行こうとしたのだ。ところが部屋の前まで行くと、中から声が漏れてくる。ドアを細くあけて、彼はその場面を覗いた。

彼女の浮気を知ることによって、信二は彼女の魔性に気づいた。どこかで振り切らねばならないと思った。だがその前にもう一度彼女の白い肌に包まれたかった。もう一度だけ……そうすれば、もう惑わされない。

そしてあの夜が来たのだった。

あの日、父の啓三は出張のはずだった。信二は窓から、麗子たちの部屋のほうを窺っていた。今夜もあの男はやって来るだろうか？　もし来なかったら自分が麗子の寝室を訪ねるつもりだった。あの男はいつも、夜中の二時頃に現われる。

ほとんど二時ちょうどに、男は姿を見せた。塀を越え、敏捷な動きで庭を横切る。ガラス戸には鍵がかかっていないらしく、彼は難なく室内に入り込んだ。

信二は舌打ちをした。男が中西だということは知っていた。冷たく、計算高そうな男だ。彼の薄い唇が目に浮かんだ。

今日もだめか——そう思ってカーテンを閉じかけた手を信二は止めた。中西がすぐに外に出てきたのだ。そして慎重にガラス戸を閉めると、来たときの経路を逆行して塀の向こう側に消えた。

変だな、と信二は思った。だがその理由を考えることを彼はしなかった。これを願ってもないチャンスと思い、迷わず部屋を出た。

寝室を直接訪ねてもよかったが、彼はそうはしなかった。中西のように庭から忍び込むことにしたのだ。そうすることによって、浮気のことを知っているということを麗子に示し、心理的に優位に立とうと考えたのだった。

勝手口から庭に出て、そこから忍び寄った。ガラス戸はやはり静かに開いた。四つん這いになって進む。ベビーベッドの中の赤ん坊は、穏やかな寝息をたてていた。

アコーディオン・カーテンの向こうが夫婦の寝室になっている。信二はカーテンに手をかけたが、そのとき電気ショックを受けたように身体をこわばらせた。

啓三のいびきが聞こえたのだ。

——親父が帰っている。

それですべてが了解できた。これでは中西も退散せねばならなかったわけだ。

そして自分も戻らねばならない。

信二は忍び足で引き返し始めた。そのときである。ベビーベッドの赤ん坊が微かな声を発した。

——ちぇっ、こんなときに。

信二はいまいましそうにベビーベッドの中を覗きこんだ。赤ん坊は目をさましていた。その顔を見た途端、彼はぎょっとして足がすくんだ。

——これは……僕の子供だ。

この子を見た者は皆言ったものだ。信二に似ている、さすがに兄弟だ……と。だがこうして見ると、似ているのは啓三から受け継いだところではなく、信二の実母からもらった部分なのだ。

暗闇の中で信二と赤ん坊は見つめあっていた。信二は自分の将来とこの赤ん坊の将来を、一瞬のうちに見たような気がした。自分は一生この赤ん坊から離れることはできない——予測できない未来の中でも、そのことだけは決定されていると確信した。人形のように小さな手で足首を摑まれ、彼はもがいていた。

そして次の瞬間、さらに彼の心を狂わせるようなことが起こった。

闇の中で赤ん坊が笑ったのだ。

赤ん坊は信二を見て笑った。目の前にいる少年に対し、安心しきった笑顔だった。だがそれは、完全に信二を追い詰めた。

信二の心の中で何か大きな物が壊れていった。スローモーションを見るように、音もないゆっくりとした破壊だった。信二は自分の殺意を確認しながら、冷えきった手を赤ん坊の首にまわした。温かく、柔らかい感触が彼の脳を刺激した。驚くことに、その手の中でもまだ赤ん坊は笑っていた。

クッ、というような声が、小さな生き物が発した最後の音だった。信二は手を離すと、冷静な目であたりを見回した。

外からの侵入者の仕業にみせるのだ――彼が考えたのはそれだけだった。音をたてないように気をつけながら、家具の引出しを片っぱしから開ける。そして自分が手を触れたと思うところはすべて布でふいた。

それからすぐに自分の部屋に戻ったが、結局そのまま朝まで眠れなかった。麗子の悲鳴が遠くで聞こえたのをきっかけに部屋を出るまで、何十時間も待ったような気がした。

警察はまったく信二を疑わなかった。駆け付けてきた永井弘美にしてもそうだ。彼らは信二の目が充血している意味を考えようとはしなかった。

パトカーの中で信二はいつしか眠っていた。彼にとって久しぶりの熟睡だった。刑事は投げ出された手を彼の膝の上に戻した。その手が息子と弟を同時に殺したということまでは、刑事も知らなかった……。

踊り子

1

夕方六時から八時まで英語塾で勉強するというのが、孝志《たかし》の水曜日のスケジュールだった。塾から家までは、歩いて二十分ぐらいの距離だ。だから遅くとも八時半頃には帰宅しているはずなのだが、最近はそれよりさらに十分ぐらい遅れて帰ってくることが多くなった。この日も時計の針は四十分をまわっている。「どうしたの?」と、母親の良子《よしこ》が壁の時計を見ながらきいた。

「このところ少し遅いのね」

「うん」と孝志は階段に足をかけたまま、母親のほうは見ずに答えた。「中学二年になるとちょっと難しくなるから、時間を過ぎても先生に質問する子がいるんだよ」

「ふうん……遠藤《えんどう》君?」

良子は孝志の同級生の名前を出した。孝志といつもトップを競っている少年だ。

「まあね」

「そう……あなたもがんばらなきゃね」

母親の言葉はいつのまにか、激励に変わっていた。もともと少し遅れて帰るぐらい心配してはいないのだ。それだけ余分に塾で教えてもらえるなら結構だというのが彼女の本音であろう。激励を背中で受けて、孝志は階段を上がっていった。

自分の部屋にもどった孝志は、鞄を机の上に置くと、ごろりとベッドに横になった。天井には、彼の好きなアイドル・スターのピンナップと、アニメ映画のポスターが貼ってある。どちらも手に入れるのにずいぶん苦労した品だ。だが今の彼の目は、そのどちらをもとらえていなかった。

身体の中に軽い興奮が残っていた。水曜の夜はいつもこうなのだ。

塾の時間が延びているというのは嘘だった。本当は寄り道をしているのだ。しかしそれは、寄り道というにはあまりにも取るにたらないものだった。

塾へ通う道の途中、S学園という女子高があることを、孝志はずいぶん前から知っていた。私立の有名高校で、孝志が通う中学校からも、毎年何人かの成績優秀な女生徒が入学している。カトリック系で、しつけが厳しいらしく、いわゆる「お嬢さん学校」としても有名だった。ブロック塀の向こうにはレンガ造りの校舎があるし、月明かりの中に浮かびあがって見える時計台はいかにも年代物といった趣きがあって、建物全体が歴史の長さを物語っているような学校だった。ただ孝志が通るころには下校時刻が過ぎており、残念ながらその生徒を見ることはほとんどなかった。

彼女を見たのは、ある水曜日の夜だった。

その日孝志は、いつものようにS学園の横を通って足早に家に向かっていた。このあたりは道が暗く、しかも人気が少ないので、気をつけるようにと塾に通い始めた頃に母親からいわれている。足の回転が早くなるのは、その頃からの習慣だった。

彼の足を止めさせたのは、学園の中から聞こえてくるピアノの音だった。母親の良子が昔ピアノを教えていたこともあって、孝志はその音色を聞くとなんとなく懐かしいような心温まるような、とにかくそういう気分になるのだった。

――こんな時間に誰が弾いているんだろう？

孝志は校舎のほうを見ながら、またゆっくりと歩きだした。ピアノの音もそうだが、こんな時間まで残っている人間のほうにも興味があった。

やがて彼は、ブロック塀の途中に設けられた木製の開き戸がわずかにあいているのを発見した。どうやら裏口らしい。この日まではその存在すら気づかなかったのだが。

彼はまわりに人の目がないことを確認すると、ちょっとしたスリルを感じながらその戸を開いてみた。戸には錠がついているが、壊れて役にたっていないことがわかった。

首をつっこんで中のようすをうかがってみる。するとすぐ目の前の建物の窓に灯りがついているのが見えた。建物は平たく窓がたくさんついている。どうやら体育館らしいと孝志は思った。

ピアノの音は続いている。まるでその音に誘われるように彼は足を踏みいれた。いつもの彼ならばこんな度胸はないのだが、この日はなぜか迷いがなかった。

体育館の中は一部だけ灯りがついているらしく、窓から漏れてくる光の量に差があった。孝志は一通り見渡したあと、やや暗めの窓に近づくことにした。中から見つけられるのをおそれたのだ。

窓の下に行くと、ピアノの音に混じって床を踏みならす音も聞こえてきた。そして孝志が徐々に顔をのぞかせていくと、中でひとりの少女がダンスのようなものを踊っているのが見えた。手に長いリボンを持って、それを激しく空中で舞わせているのだ。リボンは少女の手に操られ、まるで生き物のように空間を舞った。

――新体操だ……。

最近ではテレビでもよく放送しているので孝志も見たことがあった。こん棒やボールを使った種目があることも知っている。ただ実際に見るのははじめてだった。

少女はテレビでよく見るようなレオタード姿ではなく、ジーパンにTシャツという格好だった。長い髪も、大ざっぱに後ろで縛っている。だが身体はさすがに均整がとれていたし、彼女が操るリボンと同じくらいしなやかで、しかも敏捷《びんしょう》性に富んでいた。

ピアノの音が止まると、少女の動きも止まった。そして彼女は孝志がいる場所から少しはなれた窓際に歩みより、そこに置いてあったラジカセを操作した。ピアノの音はそこから流れていたのだ。しばらくするとさっきと同じメロディが、さっきと同じ音量で聞こえてきた。しゃがんでいた彼女は、満足したように立ち上がった。

孝志が少女の顔をはっきりと見たのはこのときだった。

少女は透きとおるように白い肌をしていた。しかもそれはきめが細かそうで、頬のあたりで蛍光灯の光を薄く反射させている。孝志は陶器の人形を連想した。だが冷たい印象は受けない。そして薄いピンク色の唇からかすかにのぞいた歯は肌の色以上に白かった。額から首筋にかけて、汗が流れおちているのが孝志の位置からでもよくわかる。赤いTシャツも汗のにじんだ部分だけが濃い色に変わっていた。

彼女は再び体操を始めた。孝志の視野の中を奔放に動きまわる。

すばらしい音楽をはじめて聞いたときのような感動を孝志は受けていた。彼は良い曲に出会ったときなど、それが生まれてはじめて聞く曲であるにもかかわらず、以前にどこかで聞いたことがあるような錯覚に陥ることがあるのだ。彼の本能的な何かを刺激するのかもしれない。今、少女の舞いを見ている彼の気持ちはそのときと同様だった。どこかでこんな場面に出会ったことがある……いや、どこかで彼女に会ったことがあるような気持ちになっていた。

女子高に忍び込んでいるという緊張感も忘れ、孝志は随分長い間そこで少女を見ていた。前の道路をバイクが通りすぎる音で我に返ったときには、十五分が経過していた。

次の日の同じ時刻に、孝志は適当な理由をいって家を出ると、女子高の近くまでやってきた。そして前日と同じように裏口付近にまわってみた。だがピアノの音は聞こえてこなかった。体育館にも灯りはついていないようだった。

さらに次の日も彼は見にいったが少女の姿はなかった。結局彼がこの次に彼女に会えたのは、翌週の水曜日、つまり彼が塾から帰る途中だった。毎週水曜日が彼女の練習日なのだ、と孝志は解釈した。

孝志に密かな楽しみができた。

別に悪いことではないのだと、孝志は自分自身にいってきかせた。女子高の新体操の選手の練習を見るだけなのだ。ほんの十分間の楽しみ。それを思うと水曜が待ち遠しく、塾に行く足取りも軽かった。

2

孝志の父親は某商社の部長をしている。管理職ではあるが実践派で、家にいることは少なかった。一人っ子の孝志のことは、すべて良子にまかせられている。そうなると責任を感じるせいか、良子は孝志の教育には異常な神経を使った。水曜は英語の塾であるが、そのほかに理科と社会だけの塾にも通わせている。孝志にかける金は惜しむなというのが夫の命令であったし、孝志も不平をいわずに、良子がいうことをすべて受け入れるのだった。不平をいうことを知らなかった、ともいえた。

金曜日は数学の家庭教師が来る日だった。黒田《くろだ》という私立Y大の男子学生で、孝志が中学一年のときから教えに来ている。いつもよく陽焼けしていて、勉強もいいが遊びも大切だというのが口癖のような男だった。大学ではボート部に入っているとかで、それを物語るように腕が太く、背中も広かった。黒田は夏はいつも汗臭いタンクトップ姿で、相当くたびれたスポーツ・バッグを抱えてやってきた。そのバッグの中から中学二年の数学の教材を取り出してくるのだ。バッグには何かわけのわからないステッカーがやたらに貼ってあり、その中の一枚には“*KIYOMI*”とマジックで落書きがしてあった。

「……の空なんだな」

黒田に言われて孝志ははっと我に返った。目の前には空白のノートがある。彼はシャープ・ペンシルを持って何かを書こうとしていたところだった。黒田は彼の顔をのぞきこんで繰り返した。「うわの空なんだな」

孝志はあわてて首をふった。「ううん」

「うそつけ」

黒田は彼の目を見ていった。「何も耳に入ってないって顔だったぜ」

「……ごめん」

孝志はうつむいてしまった。

「いいけどさ、何考えてたんだよ？」

「………」

「これを見てたみたいだったな」

黒田は自分のバッグを取りあげると孝志の前に出した。「この汚ないバッグがどうかしたのかい？」

「べつに……」

そう言いながらも孝志の視線はついつい一点をとらえてしまっていた。黒田はそれに目ざとく気づいた。

「これかい？」

彼が指したのは"KIYOMI"と書かれた部分だった。孝志が否定しないので黒田はニヤニヤして言った。

「前につきあってた彼女だよ。こんなのに目がいくところを見ると、そろそろ色気づいてきたようだな。さてはぼんやりしていたのも、いとしの彼女のことを思っていたからじゃないのか？」

「違うよ、そんなんじゃないよ」

「じゃ、何なんだよ？」

「……」

孝志は何か言い訳を言ってごまかすか、正直に喋って相談するか迷っていた。こんなことを相談できる相手はほかにいないのだ。

「何もいわないなら勉強をはじめるぜ」

黒田がこう言ったので孝志は思わず、「ちょっと待って」と声を出していた。黒田は黙って彼の口元を見つめてくる。それで孝志は少したためらいを見せたのち、小さな声で、

「一度も話したことがない人に話しかけるのって、どうすればいいのかな」

ときいた。黒田はちょっと虚をつかれたように口を開き、それから笑った。「なんだ、やっぱり女の子のことじゃないか」

孝志は、「違うんだ、違うんだ」と掌をふった。首筋から目元にかけて赤くなっていくのが自分でもわかる。

「先生が思っているのとは違うんだよ。全然知らない人なんだ。僕が知ってるだけなんだよ。名前も知らないし……。だけど話をできたらいいなって思って。話ができるだけでいいんだ」

そして孝志は思いきって、新体操の彼女のことについて打ち明けた。ただ、練習を見るのが水曜の塾の帰りだということは言わなかった。

黒田は興味本位な笑いを口元から消して孝志の話を聞いていたが、彼が話し終えると、「なんだ、じゃあ年上じゃないか」とわざとおどけていった。孝志をリラックスさせようという彼なりの配慮なのだ。

「だめかな」

孝志は黒田の冗談を本気にとったようだ。

「だめじゃないさ。俺は君にもそういうことがあっていいと思ってたんだ。はっきりいって期待してたね。ガリ勉だけで中学時代を終わってもしようがないからな」

「どうすればいいの？」

孝志の目は真剣だった。

「むずかしく考えることはないさ。練習が終わるのを待って、学校から出てくるときに話しかければいいさ。新体操をやってるならちょうどいい。色紙を一枚持っていって、ファンですからサインしてくださいっていってみな。女ってのはスターあつかいされるのが一番うれしいんだから、それだけで君のことをかわいがってくれるはずだ」

「ほかには？」

「そうだな、とにかく一言声をかけてみることだな。がんばってください、とかなんとかね。スポーツマンにしろスポーツウーマンにしろ、とにかく応援されるってのはうれしいもんなんだよ」

「ふうん……応援かあ」

孝志は彼女のことを思い浮かべてみた。彼女にはどんな応援をしてあげられるだろう？

「わかった、やってみるよ」

「がんばれよ」

「先生もその作戦で成功したの？」

すると黒田は片目をつぶって、「俺はその手でひっかかったんだよ」と言って笑った。

3

翌週の水曜日。

孝志はいつものように塾からの帰り道を少しそれて、S学園の裏口から中に入っていった。いつものようにピアノの演奏が流れてくる。曲目は大抵同じだが、たまに違っているときもあった。今日ははじめて聞いたときと同じ曲だ。

塀の内側に入ると、あとは慣れたものだ。いつもどおりのコースを通って、いつもの窓に近づく。彼女の姿がよく見えて、しかしも向こうからは見えにくい位置と判断した窓だ。

彼女はすでに汗まみれになっていた。例によって真っ赤なTシャツが所狭しと飛びまわっている。弾んだ息づかいが、孝志のところまで聞こえてきそうな気がした。

——応援か……。

いいことを教えてくれたと彼は手にもった白い袋の中を見た。その中には塾の帰りに自動販売機で買ったスポーツ・ドリンクが二本と、小さな紙きれが一枚はいっている。

紙には『いつも新体操の練習を見ています。ファンより』と書いてある。今日、塾で文法を習っている最中に書いたものだった。

孝志はしばらくその場所で彼女の演技を鑑賞したのち、体育館の壁づたいに歩いて、玄関のほうにまわった。こちらのほうは真っ暗だ。彼はあたりに人影がないことを確認するとその前まで行き、スポーツ・ドリンクの入った袋を置くと、来た道を足早に戻った。たったそれだけのことでひや汗が吹きだしていた。

――よしこれでいい。

彼女は練習を終えて帰るときに気づくだろう。そして紙きれに書いたものも読むはずだ。ファンの正体はすぐにわからなくてもいい。毎週スポーツ・ドリンクを届けてくれるのが誰なのか彼女はきっと気になるだろう。やがて彼女のほうが自分を待ちぶせしてくれる日が来るに違いない――そのときを思って孝志の心は弾んだ。

その次の週も彼はスポーツ・ドリンクを運んだ。彼女はまさか今日もファンが来ているとは夢にも思っていないだろう、先週と同じように他のものは何も目に入らないといった感じで懸命に練習していた。

さらに次の週、孝志は心のすみに期待を持って裏口から忍びこんだ。もしかしたらそこで彼女が自分を待っていてくれるのではと思ったのだ。だが、塀の向こうでは相変わらずピアノの音が流れ、彼女は館内で舞いを続けていた。

——三週間も続けば、さすがに気になるだろう。

来週が楽しみだと自分にいいきかせながら、孝志はわざと大きな音をたててスポーツ・ドリンクの入った袋を置いた。その音で彼女が気づいてくれるのではという望みがあったわけだが、彼女の耳に届くはずはなかった。

そしてその次の水曜日がきた——。

「あら今日は少し早いのね」

孝志を見て母親の良子は言った。何週間か前まではこのぐらいの時間には帰ってきていたのだが、このところずっと遅かったので、それが彼女の頭の中でもふつうになってしまっているらしい。

「何持ってるの?」

彼の手元を見て良子はきいた。彼は白い袋を持っている。

「ああこれ、途中で買ったんだ。スポーツ・ドリンクだよ」

「どうしてってそんなもの買ったの?」

「どうしてって……飲みたかったからだよ」

「ジュースがあるのに」

「これがほしかったんだ」

不機嫌そうにそういうと、孝志は袋を台所のテーブルの上に置いて、さっさと二階に上がっていった。

自分の部屋に入ると、彼は毎週水曜日にやるようにベッドにごろりと身体を投げだした。いつもならこうしてしばらくは、あの躍動する肢体を瞼に浮かべるのだった。透きとおった肌、飛び散る汗――。だが今日は思い浮かべるものがなかった。

――なぜ今日は、いなかったのだろう?

裏口から入り、体育館の灯りが消えたままになっているのを見たときからずっと抱き続けてきた疑問を彼は復唱した。そう、彼女はいなかったのだ。ピアノの音も聞こえてこなかったし、館内はまるで時間が死んだみたいに静止していた。

自分に原因があるのではないか、と彼はまっさきにそう思った。あんなことをしたものだから気味悪がって水曜の練習を取り止めにしたのではないか……と。しかし孝志の見たかぎりでは、彼女の練習にかける気迫はそれぐらいのことで止めてしまうような生半可なものではなかったし、あの行為が彼女を不快にするとはとても思えないのだった。

――来週、もう一度いってみよう。

孝志はそう決心してベッドから身体を起こした。そうだ、まだ彼女が練習を止めてしまったと決まったわけではない。今日はたまたま身体の調子が悪かったのかもしれない。あるいは急用ができたのかもしれない。そういえば、S学園はお嬢さん学校だと黒田先生が言っていたから、きっと今夜は家でパーティか何かがあったのだ。そうだ、そんなところだ。

彼はまるで自分をなぐさめるようにそう考えはじめたが、やがて本当に来週の水曜が楽しみで、待ちどおしくなっていった。

だがその次の水曜も、やはり体育館は真っ暗なままだった。

彼はこの日もスポーツ・ドリンクを家に持って帰らなければならなくなった。母親の良子はさすがに怪訝そうにしたが、何かきかれるより先に、孝志は自分の部屋に逃げ込んだ。

「どうしたんだい、元気ないじゃないか」

大きな手で孝志の背中を叩きながら黒田はきいた。「さてはふられたか?」

答えるかわりに孝志はふうっとため息をついた。それですべてを悟ったように、黒田はあははと笑った。

「ホームラン狙いに空振り、アタックに失恋はつきものさ。悲観することはない。で、何か言われたのかい？」

孝志はもう一度ため息をついて、「何か言われたのなら、まだましだよ」

「深刻だな。どうした？」

ここではじめて孝志は水曜日の秘密のことを黒田に打ち明けた。誰かに聞いてもらいたいという気持ちがあったのは事実である。

「なかなか粋な作戦に出たじゃないか」

話を聞きおわった黒田は、まずこういって孝志の行動を評価した。

「でもそれを気味悪がられたんじゃないかな？」

不安そうに孝志はきいたが、「大丈夫だよ」と黒田は言下に否定した。「そういうことをされて気味悪がる女も中にはいるが、だからといって逃げだしたりはしないさ。自分に興味を持ってる人間がいるとなればなんとしてでも正体を知りたいというのが習性さ。練習に出てこないというのはほかに理由があるんだろう」

「どんな理由だろ？」

「まあ考えてもしかたのないことは考えずにさ、とにかく来週もいってみればいいさ」

そう言って黒田は孝志の肩をぽんと叩いた。

しかし次の週もやはり孝志は彼女に会うことができなかった。さらに次の週も、そのまた次も、孝志は彼女に会いにいったが結果は同じだった。瞼を閉じれば彼女が踊る姿が鮮やかに蘇りはするのだが、現実の体育館はいつも灯りが消えたままなのだった。

結局孝志が彼女を見ることができたのは、秋が終わり、そろそろ街路樹が葉を落としはじめる頃だった。

4

孝志が彼女を見たのは写真の中だった。塾での友人の家に遊びにいってアルバムを見せてもらっているとき、その中の一枚に彼女を発見したのだった。孝志は頭に血液が集中してくるのを感じながら、その写真を凝視していた。間違いない、彼女だ。切れ長の目、形のよい唇……。写真の中の彼女はセーラー服姿で、他の生徒たちと並んで写っていた。クラス写真といったところだが、その大勢の中からでも孝志は一瞬にして彼女を見つけだしたのだった。

彼がその写真に見入っているので友人は不思議そうな顔をしながら、

「それ、姉貴の写真なんだよ。間違ってまぎれこんだままになっているんだよな」

と言った。

「姉さんって……何年生だっけ？」

平静を装っているつもりだが、どうしても孝志の語尾は乱れた。

「今、高校の一年だよ。それは中学三年のときの写真みたいだな」

すると彼女もS学園の一年ということになる。

「その写真がどうかしたのかい？」

「うん、ちょっと知ってる人がいるから……姉さんって、今いるの？」

「いないけど……じゃあ姉貴の卒業アルバムを持ってこようか。そっちのほうが写真も大きいしさ」

そう言って友人は腰を上げた。

その週の金曜日、いつものようにやってきた黒田に孝志は朗報を伝えた。「ラッキーじゃないか」というのが黒田の第一声だった。

「住所もわかったのかい？」

「一応……でもちらっと見たのを覚えただけだから、あんまり自信はないんだけどね」

住所録を写すというのは、友人の手前やりにくかったのだ。

孝志が出したメモを見て黒田は、「なんだ、ここなら俺の家からそんなに遠くないぞ」と言った。

「僕、手紙を出してみようかな」

「まあ待てよ、まずは向こうの事情を探る必要があるぜ。なぜ練習に出なくなったのかも知っておいたほうがいい」

「でも探るったって……」

「俺が調べてやるよ。家も近いし、ボートの大会が終わったところで暇なんだ」

「でも……」

「なんか不満かい？」

「先生も彼女のことを好きになったらまずいなあ」

するとと黒田は虚をつかれたように目を丸くし、そして言葉を失ったように苦笑いして首をすくめた。「まいったね」

5

翌日の土曜日、黒田は目的の家を探しあてるのに予想以上の時間を費やした。S学園に通っているという先入観から高級住宅を想像していたのだが、メモに書かれた住所付近はアパートや借家が密集しており、お世辞にもそれほど豊かには見えないような地域だったのだ。彼は同じ所を何度も歩きまわり、人にきいたりしてようやく目あての家にたどりついたのだった。

――それにしても、ここが本当に孝志の『踊り子』が住んでいる家なのだろうか？

その家の前に立って、黒田は首をひねった。そこは長屋の中の一軒である。木枠のガラス戸が入った鴨居は傾いており、戸の開閉はいかにも困難そうだ。道に面した屋根瓦は虫歯のように何枚か抜け落ちているし、家の前でたき火をするせいか、間口全体に煤《すす》がこびりついている。どう見てもこの家から、美少女がS学園に通っているとは思えないのだった。

舗装の不十分な細い道を横切って、黒田は向かいの煙草屋にいった。そこで顔中しみだらけの痩せた老婆が、膝に毛布をかけて居眠りしていた。

黒田はセブンスターを買うことで老婆を目覚めさせると、向かいの家の主人は何をしているのかと尋ねた。老婆はまだ眠りから覚めきらない目をしょぼつかせながら、

「前は廃品回収とかいう仕事をやってたみたいだけど、今は知らないねえ」

と答えた。

「奥さんは働いていないのかな？」

「身体が悪いそうだからね、内職かなんかはしてるという話はきいたことはあるけど……あんた、興信所の人？」

老婆は胡散《うさん》くさそうに黒田を見上げた。

「まあそんなところだよ」と彼はごまかした。「娘さんがいるだろ？」

黒田は孝志から聞いた名前を口にした。老婆はしばらく考えこんだのち、

「ああ、あの子ねえ。なかなかかわいい子だったけど、たいへんなことだったねえ」

とため息まじりに言った。そのいい方が気になって黒田はきいた。「たいへんなことって？」

すると老婆は身を乗りだし、小声でいった。

「あんた知らないのかい？　あの家の娘さんね、三カ月前に自殺したんだよ」

「自殺？」

胸を内部から蹴られたような衝撃を黒田は受けた。三カ月前といえば、孝志が彼女の姿を見なくなった頃に一致する。

「この先の駅前のビルから飛びおりたんだってさ。わたしゃ見なかったんだけどね、そりゃもうひどかったらしいよ」

「どうして自殺を？」

「さあねえ、最近は自殺がはやってるっていうから、理由なんかないんじゃないのかね」

「ふうん……」

孝志にどう言って説明しよう――黒田は早くもそのことを考えはじめていた。あれほど一途に思っている彼がこのことを知ったら、どれほど落ちこむかしれない。家が見つからなかったとでも言って、とりあえずごまかすか……。

「でもなぜ死に急いだのかな、まだ高校一年だったんだろ？」

「高校？」

と老婆は不思議そうに黒田を見た。そして、ああと頷いた。「そういや歳はそんなものだったね」

「歳はって……高校生なんだろ？」

だが老婆は黄色い歯をむきだして笑った。

「あの家にそんな余裕なんかありゃしないよ。中学出たとたんに働きに出てたみたいだね」

『北京飯店』という中華料理屋が煙草屋の老婆から教わった店だった。中学を出た少女はここへ働きにきていたらしいのだ。その店は駅裏の、迷路のように路地がいりくんだ中にあった。

油だらけのテーブルが五つ並んでいて、カウンターの上にはマンガ本が積みあげられてあった。午後四時すぎという中途半端な時間のせいか、客は黒田一人だ。

注文をとりにきたのは化粧の濃い、小柄な女店員だった。年齢は推定しにくかったが、首筋のあたりの皮膚の張り具合を見て、まだ二十歳前後だろうと黒田は想像した。女店員はカウンターの中の男に注文を伝えると、カウンターの脇の椅子に座って女性週刊誌を読み始めた。

黒田は立ち上がるとカウンターのところにいってマンガを物色するふりをした。どれもこれも古い雑誌ばかりだが、適当に一冊を取りあげると女店員のほうを見て、「前にもっと若い女の子が働いてただろ?」と話しかけた。店員は話しかけられたのが自分だとは咄嗟に気づかなかったようすだ。

黒田は少女の名前を出した。それで女店員はようやく無愛想な顔に多少反応を見せた。

「あの子の知り合い?」

「ってほどでもないけどさ、ここで働いてたって聞いたからさ」

「死んだわよ、あの子」

「らしいね、自殺だって？」

「暗い子だったからね。ジメジメしててさ。自殺って聞いても驚かないよ」

「ここでは何をしてたんだい？」

女店員はカウンターの中を顎でさした。

「皿洗いだよ。あんな陰気な子に客相手なんかできるわけないしね」

自分の無愛想はどうなんだと言いたいのを我慢して、

「なぜ自殺したのか見当つかないかな」

と黒田はきいた。女店員はふんと鼻を鳴らした。

「だからさ、自殺しそうな子だったんだ。何考えてるのかもわかんないしさ」

そのとき黒田が注文したギョーザとチャーハンが出来上がってきた。女店員は慣れた手つきで二つの皿をテーブルに運んだ。

「じゃあさ、その子の趣味かなんか覚えてないかな？」

「趣味？　そんなもの知らないよ」

「たとえばダンスとかさ」

彼女は赤い唇をひろげて笑った。「そんな上等なタマじゃなかったよ、あれは」

だがやがて彼女は何かに思いあたったようにその口を閉じた。「ああ、そういえば」

「何か思い出したかい？」

「たいしたことじゃないけどさ、よくテレビで新体操見てたよ。皿洗いの手を止めてさ。それでしょっちゅう怒鳴られてんだよね」

「へえ……」

女店員との会話はそこまでだった。ほかの客が来たせいもあるし、実際それ以上のことは知らないようだった。黒田は店を出るときにその看板をもう一度見た。定休日・毎週水曜、と書いてあった。

6

その次の金曜日、黒田が部屋に入ると同時に孝志は、「どうだった？」と目を輝かせてきいた。

「あの子に会えた？」

「うん……いや会えなかったんだ」

「どうして？　家はわかったんじゃないの？」

「わかったけどさ、彼女には会えなかったんだ。彼女、いなかったんだよ」

嘘ではない、と黒田は自分に言い聞かせていた。

「そうかあ」

孝志はがっかりしたように肩を落としたが、その表情は明るかった。それがよけいに黒田に本当のことを喋らせにくくする。

「でも家は見てきたんでしょ？」

「うん……まあな」

「どんな家だった？　やっぱり相当大きかった？」

「うん、でも……思ったほどじゃなかったな。ふつうだったよ、結構」

「この家とどっちが大きかった？」

「えっ、この家とかい」黒田は口ごもったのち、「まあ、引き分けってところかな」と答えた。

「そうか、同じぐらいなのか」

孝志は輝きにみちた目を宙に漂わせた。彼は彼なりに、少女の家を思い描いているようすだった。黒田は思わず彼から目をそらしていた。

「僕、今週もいってきたんだよ」

孝志にいわれて黒田は、えっと聞きなおした。「いってきたって？」

「体育館だよ、きまってるじゃない」

ああ、と黒田は顔をこすった。「そうだな、きまってるよな。で、どうだった？　彼女はいたかい？」

聞きながら黒田は激しい自己嫌悪と虚しさに襲われていた。

「それがやっぱりいなかったんだよ」と孝志は首をふった。「もう夜の練習はやめちゃったのかな？」

「そうだな……やめちゃったのかもしれないな」

「でも僕はこれからもずっと塾の帰りに寄ることにしたんだ。だって、そのうちにまた練習をはじめるかもしれないものね。そう思うでしょう？」

「うん、そうだな」

この夜、黒田は結局何も言えなかった。


翌日黒田は喫茶店で、ある女友達と待ちあわせをした。江理子《えりこ》という娘で、黒田とは学部が同じである。彼は昨夜学生名簿を調べて、彼女がS学園の出身だということを知ったのだった。突然の誘いに江理子は多少驚いたようだったが、何でもおごるからという彼の台詞を聞いてすぐにオーケーした。

「S学園の新体操部？　そんなのにつきあいないわよ」

チョコ・パフェを食べながら江理子はそっけなく言った。

「ちょっと口きいてくれるだけでいいんだよ。あとは自分でなんとかするからさ」

「いったい何が目的なわけ？　女子高生をひっかけようっていうんじゃないでしょうね」

「純粋に用があるんだよ。頼むよ。ステーキだっておごるしさ」

「面倒くさいなあ」

そう言いながらも彼女はチョコ・パフェを食べ終えると、「いくわよ」と先に席を立った。

土曜日の午後となると学校に残っているのはクラブ員だけになる。S学園の正門の前に立って、黒田はグラウンドで走りまわっている生徒たちをぼんやりと眺めていた。彼が待っているのは江理子である。彼女が新体操部員を、ここまで連れてきてくれることになっているのだ。

——彼女もこうして眺めていたに違いない……。

生徒たちの華やいだようすを見ながら、黒田は自殺した少女のことを思った。彼女はおそらく自分の恵まれない境遇を呪い、自分とは正反対に恵まれた少女のことを半ば敵意をもって見つめていたに違いない。そしてその鬱屈した気持ちを燃焼させる方法が、夜の体育館で飛びまわることではなかったか？　彼女にとってその時間は青春のすべてで、唯一自分が主人公になれる瞬間だったのではないだろうか。

ただ、なぜ彼女はその時間を捨てたのか、そしてなぜ自殺したのか、それだけが黒田にとって疑問だった。

やがて江理子が戻ってきた。彼女のあとからついてくるのは、髪をショート・カットにした、少年のような顔つきの娘だった。あまり陽焼けしておらず、真っすぐに閉じた唇が負けん気の強そうな印象を与えていた。

「残念だけど」

と江理子は事務的な口調できりだした。

「新体操部はいなかったの。彼女、体操部なんだけどだめかしら？」

「えっ、どうしていないんだい？」

「土曜日は体操部と新体操部が交代で練習することになっているんです」

体操部の彼女が説明した。どうやら体育館の利用上の問題らしい。

「大丈夫よ、同じようなものなんだから」

江理子は簡単にいう。体操部の彼女も、「あたしにわかることでしたら」と黒田の質問を待っているようすだ。

——まっ、だめで元々か……。

そう思って黒田はきりだした。

「今から三カ月ぐらい前になるんだけど、毎週水曜の夜になると体育館に新体操の練習をしにくる女の子がいたらしいんだ。その子はここの生徒ではなかったということだけど……君、そんな話聞いたことない？」

こうして喋ってみると、まるで怪談話みたいだと黒田は思った。もしかしたら気味悪がられるかもしれない。

だが体操部の彼女は大きく頷くと、「あの事件のことですか」とずいぶん力のこもった答え方をした。黒田は少し驚いた。「知ってるの？」

「知ってるというより有名な話です。水曜日の踊り子事件って言ってるんです」

「事件？」

彼女はさっきから二度もこの言葉を口にした。それが黒田には気になったのだ。

「毎週水曜になると体育館に忍びこんで、新体操の真似ごとをしていたらしいんですね。ずっと誰も気づかなかったらしいんですけど、ある夜、新体操部員が何人か体育館に隠れて見張っていたらしいんです。そうするとその女の子が現われて、勝手に道具を使ったりして遊びはじめたものだから、そこを捕まえてとっちめたっていう話です。新体操部員って、執念深い子が多いから」

体操部と新体操部の間に確執でもあるのか、彼女の言葉には待ちぶせした部員をからかっているような響きがあった。

「とっちめたって……どんなふうに？」

「くわしくは知りませんけど、土下座させたり、今まで使った道具を全部磨かせたり、とにかくひどいものだったらしいです」

「……そう」

黒田は自分の心が重く沈んでいくのを感じていた。もしかしたら少女が自殺したのは、このことが原因だったのではないだろうか。彼女にとって生きがいであった時間を奪われ、しかも自分がもっとも敵意を持っている人間たちに屈辱を味わわされたのだ。死にたい、という気持ちになっても不思議はないと彼は思った。

「それにしても、なぜ新体操部員たちはその子が来ることを知ったのかな？　それまでは誰も気づかなかったんだろう？」

すると体操部の彼女は、なんでもないことのようにこの質問に答えた。

「たぶん勉強が忙しいんだよ」

まるで自分に言って聞かせているように孝志は頷いた。「新体操が好きで夜でも練習したいんだけど、中学と違って高校は授業がむずかしいから、しばらく勉強に没頭することにしたんだよ。きっと、うちみたいに口うるさいお母さんがいてさ、成績が上がるまで新体操の練習はお預けとかいってるんだ」

もうすぐ年がかわろうとしているのに、彼は『踊り子』のことを忘れなかった。黒田は決して自分からはこの話題を出さないようにしている。それでも孝志は、一度は彼女のことを話すのだった。「手紙を書こうかな」とか「家に行ってみようかな」とか相談してくることもある。そのたびに黒田は、「突然そんなことをするのは拙《まず》いよ。もう少し待ったほうがいい」などと言って、ごまかしつづけているのだった。

孝志はさらに続ける。

「それに今は寒いしね。来年になって、少し暖かくなればばって思っているんだ。黒田さんも、そう思うでしょ？」

「そうだね……」

ぎくしゃくした答え方を黒田はした。あと何回、こんな返答をしなければならないのだろう。すべて話せば、すべては終わる。しかしそれは孝志にとってあまりにも残酷なことだった。

明るく話す孝志の顔を見るたびに、黒田はあの体操部の彼女の話を思い出す。なぜ新体操部員たちは、『水曜日の踊り子』の存在を知ったのかと聞いたときに、彼女が答えた内容だ。

彼女はこう答えたのだった。

「聞くところによると、毎週木曜の朝になると体育館の玄関にスポーツ・ドリンクがおいてあったらしいんです。そこには新体操部宛の手紙みたいなものも入っていたんですけど、部員の誰も心当たりがないということで、誰かが水曜の夜に持ってくるらしいということになったんです。それでスポーツ・ドリンクを持ってくる人を見つけるつもりで部員たちが待ちぶせしていたところ、その女の子がやってきたということなんです。女の子とスポーツ・ドリンクとは何の関係もなかったということだから、女の子にとってはついてない話だったんですよね。その子はいつも裏口から出入りしていたので、玄関に置いてあった袋に気づかなかったんでしょうね」

この事実がすべての根源だった。

これを話せば孝志も彼女の幻を捨て去ることができるだろう。

だが黒田には彼に告げる勇気がない。君が『踊り子』を殺したのだとは――。

エンドレス・ナイト

1

電話のベルが鳴ったとき、厚子《あつこ》はまだベッドの中にいた。時計を見ると九時を少し回っている。その陶製の置時計は、新婚旅行でヨーロッパに行ったときに買ってきたものだった。

彼女はその時計を一、二秒ほどぼんやり眺めた後、ふっと我に返ってベッドからとび起きた。

ガウンを着て部屋を出る。身体が上気しているせいか、受話器のひんやりした感触が掌に心地よかった。

「はい、もしもし……」と厚子はかすれた声を出した。

「あ、もしもし、そちら田村《たむら》さんのお宅ですか？」

電話の主が訊いてきた。太いが、歯切れのよい声だった。アクセントの違いから、

——大阪からだな。

と厚子は咄嗟に判断した。

「そうですが……」

「奥さんですか？」

「はい……」

彼女が答えると、一瞬ためらったような間があいた。それから息を整える気配がして、

「こちら大阪府警のものですが」

と、ことさら感情を抑えた声が聞こえてきた。

「……」

「じつは、ご主人の田村洋一《よういち》さんが何者かにナイフで刺されて、お亡くなりになられたんです」

「え……？」

「それで、できましたら、すぐに奥さんにこちらに来ていただきたいんですけど……もしもし奥さん、聞いておられますか？」

2

電話を受けた二時間後、厚子は新幹線の二号車両のシートに座っていた。新幹線を使

うとき、彼女は必ず禁煙車両に席を取ることにしている。他人が吐く煙がけむたいこともあるが、何よりも身体に煙草の臭いのつくことが我慢できないのだ。

彼女は出がけに香水をふり忘れてきたことを思い出し、それをバッグから出して首筋のあたりにふった。洋一が好んだ、フランス製の香水だった。

ついでにコンパクトを取り出して、化粧の具合を点検した。新大阪駅では刑事が待っている。涙で顔を泣きはらした跡を、彼らに見抜かれたくはなかった。

――あなた……

車窓を流れる景色を通して、厚子は洋一に呼びかけた。薄緑色の田園風景をバックに洋一の彫りの深い顔が浮かんだ。


厚子が洋一と結婚したのは、四年前の秋だった。恋愛結婚だった。当時洋一は渋谷にあるファッション・ビルに勤めていた。経営者は彼の長兄の一彦《かずひこ》で、彼自身は二十代の若さで部長の肩書を持っていた。

結婚後間もなく、都内に3LDKのマンションを買った。洋一を送りだしたあと、厚子は結婚前から勤めていた洋裁学校に通った。彼女はそこで講師をしているのだ。仕事のない日は友人と一緒にエアロビクスやカルチャー・センターに通ったり、買い物に出かけたりした。友人というのはたいてい女子大やＯＬ時代の仲間だったが、彼女たちの多くは都心からかなり離れた所に住んでいた。そういう仲間たちは、皆厚子のことをうらやましがった。

事態が変わったのは、ちょうど一年前だった。あまり酒を飲まない洋一が、珍しく陽気に酔って帰ってきたのだ。理由を訊くと、「祝杯だよ」と彼は答えた。

「祝杯？」

「ああ。今日兄貴たちと話をしてね、大阪の店を完全に任されることになったんだ」

大阪の店というのは、新しく作られる支店で、この半年後にオープンすることになっていた。そこの経営を任されたらしいのだ。

「えっ？　でもあの店は宏明《ひろあき》兄さんが経営されるんじゃ……」

宏明というのは、洋一の二番目の兄だ。

「僕に譲ってくれたんだよ。思いきってやってみろっていわれたよ。大阪は商売の町だからな、いい勉強にもなるだろうってさ」

洋一の声は弾んでいた。いつも兄の下働きばかりで、自分の商売の力を試したいといっていただけに、この話は彼を有頂天にさせていた。

しかし、大阪行きに厚子は猛反対した。

ようやく手に入れた安住の地である。これほど住みよい街はないと思うし、他の土地のことなど何も知らなくても、東京のことさえ知っていれば恥ずかしくないと信じている。今さら出る気など、全くなかった。

――おまけに大阪なんて。

いいイメージなどひとつもなかった。金に細かく、隙がなく、おまけに下品――そういう印象だ。あの関西弁も嫌いだった。最近はよくテレビに大阪の芸人が出てくるが、どこが面白いのかと思う。そして大阪に行けば、おそらく毎日そういう言葉や人間に接しなければならないのだ。もちろん大阪には、新宿も銀座も六本木もない。

「断わってよ」

と厚子は頼んだ。「経営者なんかにならなくていいじゃない。今のままでいいから、その話は断わってよ。あたし、大阪なんか行きたくないわ」

洋一はうんざりした顔をした。

「無茶いうなよ。この日のためにがんばってきたんだぜ。大丈夫だよ、君だってすぐに馴れるさ。それに向こうである程度実績を残したら、あとは人に任せてまた東京に帰ってくることもできる」

しかし厚子は承知しなかった。そんなに行きたいなら自分ひとりで行けばいいといっ

た。当然洋一は怒り、

「じゃあ俺ひとりで行く」

と言い捨てた。そして本当に大阪でひとり暮らしを始める準備をやりだしたのだった。

厚子の女友達は、彼女に同情的だった。

「ふうん、大阪ねえ。なんだかちょっと冴えないわねえ」

こう言ったのは女子大時代からの友人の真智子《まちこ》だ。「せっかくマンションだって買ったんだから、洋一さんももう少し我慢してくれればいいのにね。この話を断わっても、そのうちにまた東京で新しい店を作るってことになるかもしれないのにね」

だが中には厚子を批判する声もあった。ＯＬ時代の仲間だった美由紀《みゆき》は、とにかく別居はよくないと言った。

「浮気してくださいっていってるようなものよ。とりあえずついていって、その上で東京に帰りたいっていえばいいじゃない。それに、そんなに長い期間じゃないんでしょ」

美由紀の意見はもっともだと厚子も思った。端《はた》から見れば、自分がどうしようもない甘ったれに見えるだろう。そして事実そうなのかもしれない。

——でも大阪は嫌……

新幹線の窓ガラスに顔を寄せたまま、厚子は呟いた。

新大阪駅に着き、刑事に指示された改札口で佇んでいると、薄いグレーのスーツを着た男が近づいてきた。よく陽に焼けた、いかつい感じの男だった。歳は三十代半ばというところだろう。

男は大阪府警の刑事で、番場《ばんば》と名乗った。

「車を用意してありますから」

そういいながら番場は右手を差しだした。厚子のボストン・バッグを持ってやろうということらしい。だが彼女は小さく首をふって辞退した。刑事もしつこくはいってこなかった。

用意してあったのは白のクラウンだった。パトカーを想像していた厚子は、何だか少しほっとした。

「これから病院に行って、確認していただきます」

車を発進させてから刑事がいった。

「確認？」

と訊き直してから、それが死体確認のことだと厚子は気づいた。

「ご主人とは」

と刑事がためらいがちに言った。「別居されてたんですか？」

「ええ……仕事の都合で……」

うつむいたまま厚子は答えた。「そうですか」と刑事は頷いていた。

車の窓から外を眺めると、道路を埋め尽くしそうな数の車が、まるで争うように走っているのが見えた。大阪は乗用車の保有率は下位のくせに、軽トラやバンなどの商用車の数がやたらに多いと聞いている。そして事実もそのとおりのようだった。さらにその手の車は必ずといってよいほど強引な割り込みを繰り返し、少しでも先に行こうとしているようだった。

「ええ匂いですね」

ふいに刑事が言った。「はっ？」と厚子は聞き直す。

「香水ですよ」

と彼は続けた。

「ああ……」

厚子は自分の肩のあたりに目を向け、少しつけすぎたかもしれないと思った。

病院に行き、死体が間違いなく洋一であることを彼女は確認した。いや、しっかりと見たわけではない。ちらりと見て、すぐに顔をそむけたのだ。それでも瞼に残ったそれは、間違いなく夫だった。

病院でひと休みしてから、厚子は自分から希望して殺人現場に赴いた。現場というのは心斎橋筋にある洋一の店内だった。一階はバッグやアクセサリー、二階は靴を売っている。そして地階はブティックになっていた。

厚子はこの店には一度しか来たことがない。しかも休日だったので、どの程度に客が入っているのかを見定めたことはなかった。

一階バッグ売場の奥が事務所になっている。洋一はそこで殺されていたということだった。

「ここにこうして」

と番場は床に描かれた白線の跡を指さした。「ご主人は倒れてはったわけです。仰向けで、胸に果物ナイフが刺さってました。ごらんのとおり、真っすぐに寝てはったわけですな」

刑事がいうように白線は、死体が行儀よく寝ていたことを示していた。こういう現場など一度も見たことがなかった厚子だが、なんとなく不自然だということはわかった。もちろん刑事にいわれなければ気がつかなかっただろうが。

「真っすぐに倒れていたということで、何かわかるのですか？」

厚子は訊いてみたが、刑事は首をふった。

「とくに何が、ということはありません。ちょっと変わってるなという程度のことです」

厚子は曖昧《あいまい》に頷き、そしてもう一度白い縁取りを見た。

「昨日は店が休みでして、店員が最後にご主人を見たのは、おとといの夜やということです」

番場が手帳を見ながら言った。「死体を見つけたのは、森岡《もりおか》という女店員です。今朝八時頃、出勤してきて見つけたということです」

「いつ頃殺されたのかはわかっているのですか？」

「わかってます。だいたいですけど」と刑事は答えた。「死亡推定時刻、いうのがあるんですけど、それによると殺されたのはゆうべの七時から九時の間ということになってますな」

くわしくわかるものだなと、厚子は感心した。

「くわしくわかるんですね」

「そら、医学が発達してますから」

刑事は自分が褒められたように表情を緩《ゆる》ませかけたが、すぐにもとの厳しい目つきに

もどって、

「ところで、奥さんが最後にご主人と話をされたのは、いつですか？」

と訊いてきた。

厚子は少し考えてから、

「一昨日の夜だったと思います。主人から電話がかかってきたんです」

と答えた。「それが何か？」

「どういう話をされたんですか？　差し支えなかったら、教えていただきたいんですけど」

「どういうって……明日は店が休みだから、こっちへ来ないかという用件でした」

そのときの声を、厚子は今もまだ覚えている。少しそらぞらしく、そのくせどこかくだけたところのある口調だった。

――明日、こっちに来ないか？　店が休みだから、ゆっくり大阪を案内してあげるよ。

――いいわ、大阪見物なんて。

――そんなこというなよ。めったに休めないんだぜ。

――だったらあなたが帰ってきてくれればいいじゃないの。

「それで、奥さんはどうお答えになったんですか？」

回想の途中に問いかけられて、厚子ははっとして刑事の顔を見直した。

「何て、答えはったんですか？」

番場はもう一度尋ねてきた。

「ああ、あの……行かないと答えました」

「ほう」と刑事は怪訝そうな顔をした。「なんでですか？」

「それは……」

厚子が口ごもり、目線を下げた。刑事の視線が自分の口元に注がれているのがわかる。やがて決心すると思いきって顔を上げ、そしていった。

「あたし、大阪は嫌いなんです」

一瞬、番場の顔は呆気《あっけ》にとられたように表情を失い、それからゆっくりと愛想《あいそう》笑いに移行していった。

「なるほど」と刑事はいった。「それはなかなか、説得力のある答えですね」

「すみません」

厚子は小さく頭を下げた。

「あやまることとなんかありません。僕も嫌いな土地はありますから。僕の場合、あんまり寒い所は好かんのです」

刑事は厚子の気持ちを和ませようとしたようだった。

このあと番場は、現場の状況に関するいくつかの話を聞かせてくれた。ナイフはこの事務所に置いてあったものであること、指紋は拭きとられていたこと、乱闘の形跡はないことなどである。そういう話をするときの番場は、小学校の教師のように丁寧な説明口調になった。

「盗まれた物もないようです。昨日は休みやったわけですから、売り上げもなかったわけですな」

最後に彼は、洋一が殺されたことで何か心当たりはないかと尋ねてきた。厚子は、ない、と答えた。そんなもの、あるわけがない。

「そうですか」

だが番場は、それほど失望したふうでもなかった。

店を出て、今日はこれからどうするかという話になった。

「とりあえず今夜はこちらに泊まって、それから考えます」

と厚子は言った。

「するとご主人のマンションで泊まりはるわけですか。なんやったら、送りますけど」

洋一は谷町のほうに一人住まい用のマンションを借りていた。ワン・ルームの、窓の下に小さな公園の見える部屋だった。

「いえ」

と厚子は首をふった。「今日は止めておきます。もう少し気持ちの整理がついてから、片付けに行きます」

「ほう……」

番場刑事は何かいいたそうにしていたが、結局、「そうですか」と頷いただけだった。

「そしたら今夜はホテルですか？」

「ええ、まだ部屋はとってないんですけど……。できれば大阪の町を見下ろせるようなところがあればいいんですが」

「そしたら、ええところがあります」

そう言って彼は歩きだしたので、厚子もそのあとについていった。

番場が連れていってくれたのは、洋一の店から歩いて五分ほどのところにある、真っ白な背の高い建物だった。航空会社系列のホテルで、たしか銀座にもあったはずだと厚子は思い起こしていた。

二階のフロントで刑事が部屋をとってくれた。二十五階の、シングル・ルームだった。

「もしかしたら明日、ちょっとご協力願うかもしれません」

別れ際にこう言って、番場は頭を下げた。厚子は会釈して答えた。

この夜厚子は、二十五階の窓から大阪の町を見下ろした。眼下には御堂筋《みどうすじ》が走っている。いくつもの車線を、マッチ箱のような車がひしめきあいながら通り過ぎていくのが見えた。

洋一がいない。

それは妙に現実離れした感覚を彼女に与えた。実感として心に響いてこなかった。洋一は殺されたのだ――このフレーズを、厚子は何度も心の中で唱えた。そうすると、まるで痛い奥歯を押すように、気分が少し楽になるようだった。

――大阪もなかなかいいところだよ。

ふいに洋一の声が聞こえた。大阪に店を出して一カ月ほど経った頃に、彼が言った言葉だった。

「何がいいのよ」

心斎橋《しんさいばし》の夜景を睨みながら厚子は声に出していった。いったいこの町のどこに、洋一を魅了するものがあるというのだ。自分にしてみれば、こんな町で住むということは永久に朝の来ない夜を過ごすようなものだと思う。

「この町があの人を殺したのよ」

直接手を下したのが誰であろうとも、それは真実だと厚子は思った。

3

翌朝電話がかかってきた。厚子がちらりと予想したとおり、それは番場からのものだった。

「充分眠れましたか？」

彼の声は昨日と同じく歯切れがよかった。あまり、と厚子は言葉少なに答えると、

「そうでしょうね」と彼のトーンも下がった。

朝食をご一緒したい、というのが彼の用件だった。厚子は承知して、二階のコーヒー・ショップで待ちあわせた。

厚子が降りて行くと番場は先に来ていて、週刊誌を読みながらコーヒーを飲んでいた。そして厚子の姿を見るとあわてたようすで週刊誌をしまいこみ、立ち上がって一礼した。

「お疲れのところをすいません」

刑事は詫びた。いいえ、といって厚子は座り、近づいてきたウェイターにミルク・ティーを注文した。何か食べなければとも思ったが、とても喉を通りそうになかった。

「じつはご主人の店のことで、新しい情報が入りまして」

椅子に座り直してから刑事はいった。「我々が摑《つか》んだところでは、どうも店の最近の経営状態はあまり芳しくなかったようなんです。問屋のほうの支払いも滞っている分があるようですし、売り上げ自体も伸び悩んでる、というよりはっきりいうて下降状態なんです」

番場はまるで自分の店が不景気のような顔をして話した。

「そういう話、ご主人から聞きはったことはありませんか？」

厚子は首をすくめ、

「薄々は知っていましたけれど、主人からはっきりと聞いたことはありません」

と答えた。刑事は頷いた。

「現在調べてる範囲では、金銭的なトラブルいうものは見つかってないんです。ただもし心当たりがおありのようやったら、聞いとこうと思いまして」

「いえ……」

と厚子は小声で答えた。「主人はあまり仕事の話をしなかったものですから」

「なるほど、男はそういうもんですな」

刑事は慰めるような調子でいった。

ミルク・ティーが運ばれてきた。厚子はそれを口に含みながら、一カ月ぐらい前に洋一の長兄の一彦と交わした会話を思い出していた。一彦は小さなブティックから始めて、現在のようなビル単位の経営を手がけるようになっただけに、温和だがどこか厳しさを感じさせる紳士だ。

「洋一の店、あまりうまくいってないようですね」

三月のある日、厚子を近所の喫茶店に呼びだした一彦は、やや気まずそうにいった。

「一応独立採算制のような形をとってはいますが、困ったときはいつでも手助けするつもりなんですがね。——厚子さんには何かいってきましたか？」

「いえ、何も」

「そうですか。まあ今まで我々と一緒にやってきただけに、急に独立してやれるかどうか多少不安はあったんですよ。あいつは三男坊で、ちょっとのんびりしたところがありますしね。大阪という弱肉強食の見本のような街でどれだけやっていけるか、まあ今が試練だということでしょう」

厚子は、そんなに不安なら洋一などに任せなければいいじゃないかといいかけたが、結局口には出せなかった。この義兄にはいろいろな面で恩がある。

「まあ僕や宏明にはいいにくくても、あなたになら相談するときが来るでしょう。そのときは無理せずに我々のところに来るように言ってください」

「わかりました」

「ところで厚子さんはまだ大阪のほうには行かれないのですか？　お仕事の都合がつかないということでしたが」

「ええ……まだもう少し」

「そうですか。でもなるべく早く行ってあげたほうがいいですよ。あいつは寂しがりなところがありますからね」

そういって一彦はにこやかに笑った。

——兄が出来過ぎるというのも考えものだわ。

一彦との会話を思い出しながら厚子は小さくため息をついた。自分としては支店の拡張なんかしてもらうよりも、洋一を一彦の下で働かせてもらってたほうがよかったと思う。そうすれば大阪に来る必要もなかったし、もちろんこんな悲劇に巡りあうこともなかったはずなのだ。

「ところで、ちょっと尋ねにくいことを敢えて訊かせてもらうんですが」

番場が話しかけてきたので、厚子は我に返った。

「洋一さんの女性関係なんですけど、何か思いあたることはありませんか？」

厚子は繰り返した。不自然な響きのする言葉だった。考えたこともない。

「考えたこともありませんわ」

彼女は首をふって答えた。すると刑事は気まずそうに頭を掻き、

「いや、別に何か根拠があって訊いたわけやないんです。ただ離れて暮らしてはるから、そういう可能性もあるんやないかと……しょうむない勘繰《かんぐ》りです。気にせんといてください」

といって、冷めかけたコーヒーを飲みほした。

「あの、お話というのはそれだけですか？」

厚子が訊くと、番場は改まった顔つきになった。

「いや、じつは今日一日お時間をいただきたいと思いまして」

「今日一日？」

「ええ。ご主人がよく顔を出された場所なんかを当たってみるつもりなんですけど、ご一緒していただけると非常に助かるんです」

「はあ……」

洋一がこの大阪でどういう生活をしていたか？——それはたしかに知ってみたいよう

な気がした。それにこの番場という刑事に対する印象もそれほど悪くはなかった。

「ええ、結構です」

厚子は決心して言った。番場は救われたように目尻に皺を寄せた。

それから一時間後、荷物をクロークに預けてからチェック・アウトを済ませ、厚子は刑事と並んでホテルを出た。御堂筋はすでに車があふれている。長い信号を待って、二人は道路を横切った。

まずは歩行者専用道の心斎橋筋を北に歩いていく。平日だというのに、まるで満員電車の中にいるような混雑ぶりだった。道の両脇に商店が並んでいるが、何を売っている店なのか判別する暇もなく、後ろからの群衆に押されてしまう有様だった。

最初に番場に案内されたのは、細長い銀色の建物だった。

「ソニー・ビルです」と刑事はいった。「ご主人はよくここに買い物に来られたらしいですよ」

厚子は刑事のあとに続きながら、「ソニー・ビルなら銀座にもあります」と言った。

「珍しくも何ともありませんわ」

刑事はちょっと苦笑したようだった。

最上階に上がり、そこから心斎橋筋を見下ろしながら、

「大阪のどういうところが嫌いなんですか？」

と番場は訊いてきた。

「全部です」と厚子は答えた。「全部嫌いです。とくに、お金に対する執着の強さが大嫌いです」

刑事は何か言いたかったようだが、「なるほど」と頷いただけだった。

ソニー・ビルを出ると、また心斎橋筋を南下した。息をするのも苦しいほどの密集ぶりだった。おまけに大阪人は、異様に歩くスピードが速かった。何かに追われているような調子で歩くのだ。彼らに歩調を合わせようとすると、厚子は周りの光景を見る余裕などなかった。

彼女の嫌いな大阪弁も否応なく耳に飛びこんできた。すぐ前を歩いている二人の女子高生などは、さきほどからひっきりなしにしゃべっている。その会話の四分の一も、厚子は満足に聞きとることができなかった。とにかく早口なのだ。そして間に笑い声が入る。

息が詰まって我慢できなくなった頃に、少し開けたところに出た。大きな橋があって、その向こうにまた通りがある。

「道頓堀《どうとんぼり》です」

と刑事が言った。

「今朝は紅茶だけでしょ？　うどんでも食べませんか？　ご主人が贔屓にしてはった店を聞いてきてるんです」

あまり食欲はなかったが厚子はしたがった。とにかくこのまま歩いているのは嫌だったのだ。

道頓堀の橋を越えて左へ曲がったところで、巨大なカニの模型が目に飛びこんできた。有名なカニ料理店の看板だったが、それが電気仕掛けで手足を動かすようすは、何かしら厚子を不思議な気持ちにさせた。心をひかれるような、それでいて不愉快なような、ちぐはぐな気持ちだ。その気持ちをどう処理していいかわからず、しかたなく厚子は目をそらせた。

番場がいう店はそこからすぐのところにあった。小さなのれんがかかっているだけで、うっかりすると見落としてしまいそうな店だった。二人は店に入ると、きつねうどんを注文した。うどんが出来る間、番場は店主を呼んで洋一に関する聞き込みを行なった。

店主は洋一のことを覚えていた。

「ああ、あの人ね。だいたい毎日来てはりました。東京のうどんとは比較にならんて、いうてもろたことがあります」

「いつも一人で来てはったかな？」と刑事が訊いた。

「そうですなあ、だいたいお一人やったと思います」

「最近何か気づいたことはないかなあ？」

「うーん、別になかったと思いますなあ。ちょっと元気がなかったかなあ……何か考え事をしてはったような感じですけど」

「そうか――あ、えらい仕事中邪魔して悪かったな」

番場があやまったときに、きつねうどんが運ばれてきた。

「東京のうどんは、汁の色は濃いし、醤油の味しかせえへんといいますけど、やっぱりそうですか？」

ずるずると音をたてて啜ったあと、刑事が厚子に訊いてきた。

「知りません」と彼女は答えた。「あまり食べないものですから」

自分でも少しつっけんどんだったなと思うほどの口調になってしまった。それで刑事の表情を盗み見たが、彼のほうは気にしたようすもなく、相変わらず音をたててうどんを啜っていた。

うどん屋を出たあと、その前の通りを歩いた。食いだおれ、という看板の上がった店があって、その前に太鼓を持った人形が置いてあった。これも電気で動くらしいが、今は止まっていた。厚子はここでも、カニの模型を見たときと同じ複雑な気分を味わった。

このあとも厚子は番場に連れられてこの周辺を歩きまわった。中座の前も通ったし、なんば花月という劇場も見た。なんば花月の前の看板には、芸人たちの顔写真が並べてあった。厚子が見たことも聞いたこともない名前ばかりだった。

一休みに入った喫茶店で、厚子は番場の目的を訊いた。何のために彼が自分を連れまわしているのか、全くわからなかったからだった。

「捜査のためやというたら、納得していただけますか？」

刑事は本気とも冗談とも判断できぬ顔で答えた。

「わかりませんわ。どうしてあたしに大阪を案内することが捜査のためになるんですか」

「それはこちらに任せてください」

番場は目的を教えてくれなかった。

喫茶店を出ると、新歌舞伎座を左に見ながら御堂筋を北に上がった。途中、屋台のたこ焼き屋に出会った。

「大阪名物です。食べてみませんか？」

「いえ、結構です」

「そんなこといわんと、ちょっとつき合うてください」

番場は強引に厚子を屋台の椅子に座らせ、勝手に注文してしまった。

「この大阪の味は、他の土地に行ったら味わえんもんです。僕らは子供の頃から慣らされてるだけに、余計に忘れることはできません」

差し出されたたこ焼きを、厚子はしばらく手をつけずに見つめていた。また例の不思議な感情——心がひかれそうで、どこか不愉快な気持ちが、胸のあたりにこみ上げてきた。

結局彼女はひとつも口にしなかった。そして番場に背中を支えられるようにして、また御堂筋を歩いた。

4

「疲れましたか？」

道頓堀の橋の欄干にもたれて番場が訊いてきた。少し、と厚子は答えた。

「人間が多いわりに案外狭い街でしょ？　それで、どうしてもゴミゴミした感じになるんですわ」

厚子は頷いた。そして橋の下の川の流れを見つめた。

「大阪には、いつ頃まで居てはったんですか？」

何でもないことを話すような調子で、番場はいった。厚子はぎくりとして刑事の顔を見たが、彼のほうは平然としている。

「居てはったんでしょう？」

「どうして……？」

「わかったか、ていうんですか？　初めて会うたときにピンときました。匂いでわかるんですわ。鼻には自信がありますから」

そういって刑事は自分の鼻を人差し指で触ってみせた。

厚子は欄干に手を置き、ずっと遠くに目を向けた。

「小学生のときまで大阪にいました」

と彼女はいった。「父は建築資材の卸売りをやっていました。ずっと和歌山のほうにいたのですが、同じ商売をするならといって大阪に出てきたのです。その頃よくこのあたりにも連れてきてもらいました」

「その店はどうなったんですか？」

と刑事が訊くと、厚子はふっと含み笑いを漏らした。

「最初は景気が良かったみたいです。だけどそのうちに同業者が、うちよりも安く、おまけに早く供給するようになったんです。父もがんばったようですが、到底太刀打ちできませんでした。どうしてあんなに安く売れるのか不思議だと、父はいつも首を捻っていました」

あんな値段で売れば絶対損をしているはずだ——父がよくそういいながら酒を飲んでいたことを厚子は覚えている。

「そのうちに借金だけが増えていきました。母はもう店を売って、和歌山へ帰りたいといっていました。でも父は意地になって、最後の勝負だといって、当時売り出し中の建築用新素材を大量に仕入れたんです。誰かから、これは絶対に儲かると吹きこまれたようです。そしてそのお金は、その男から借りたのです。担保は店でした」

このときのことを、厚子はおぼろげながら覚えている。店を担保に借りたお金を商売に回すと知って、母は狂ったように反対したのだった。台所から包丁を持ってきて、自分の顎の下に構えた。

——あんた、お願いやからうちのいうこと聞いて。聞いてくれへんかったら、このまま死ぬで。

——あほっ、これで儲けるていうてるんやないか。

父は母から包丁を取りあげた。母は畳にうずくまり、大声をあげて泣いていた。

「結局その父の勝負は失敗に終わりました。その新素材は欠陥商品で、製造元もつぶれたんです。店は当然人手にわたり……」

厚子は言葉を切り、唾を飲んだ。「父は首をつって死にました」

番場は何もいわず、じっと彼女の横顔に視線を向けているようだった。黙っていてくれることが、厚子にはありがたかった。

「そのあと母が洋裁をやってあたしを育ててくれました。母がいつもいったことは、大阪は怖い街だということでした。大阪で商売を始めると、何かにとりつかれたように人が変わるのだそうです」

「それで大阪が嫌いなんですか？」

番場が遠慮がちに尋ねてきた。厚子はその彼の目を真っすぐに見返して、「ええ」とはっきり答えた。

「そういうことですか」

刑事は何かまぶしいものでも見るように目を細め、それから通り過ぎていく人々のほうに身体を向けた。「大阪に住んではったことがあるはずやなのに、大阪が嫌いやていわはったでしょ。なんでかなあと思て、今日一日つきおうてもろたんですわ。一緒に大阪の街を歩いたら、奥さんの気持ちがわかるような気がしたものですから。――そうですか、そういうことがあったんですか」

そしてまた彼は川のほうを向いた。「けど僕は大阪が好きです。そら、はっきりいうてアクの強過ぎるところもあります。仕事柄、大阪の腐った悪い部分なんか飽きるほど見てますわ。それでもここには、ここにしかないええ部分もあるんです。これは想像ですけど、ご主人もそういうええ所を見てくれはったんと違いますか」

彼の話を聞きながら、厚子は川べりにある、巨大なグリコのネオン・サインを眺めていた。とくに何の工夫もない。グリコの例のマラソン・ランナーのマークを、ビルの壁全体の大きさに拡大してあるだけだ。東京人にいわせれば、ダサイということになるのかもしれない。しかしたとえダサくても、アピール力は充分にある。そしてこれが大阪人のやり方なのだ。

「刑事さん」

再び川を見下ろして、厚子は番場に呼びかけた。

「なんですか」

と刑事は訊いてきた。やけにのんびりした声だった。

「あたし……」

厚子は番場のほうを向いた。彼は穏やかな顔つきで彼女を見ていた。

「あたし……あたしが……あの人を殺したんです」

何かが胸にこみあげてきて、そしてまた去っていく感覚があった。鼓動が早まり、息も乱れた。

だが刑事の表情は変わらなかった。穏やかな笑みを浮かべたまま、じっと彼女の顔を眺めていた。それはまるで、彼女の気持ちが静まるのを待っているようだった。

「はい」

というのが、番場が最初に発した言葉だった。この言葉を発したあとも、彼は相変わらず口元に笑みをにじませていた。

「やっぱり……ご存じだったのですね」

厚子は呼吸を整えながらいった。じつのところ、立っているのも苦しいほどだった。

「確信を持ってたわけやありません」

と刑事はいった。「今日一日つきおうてもろて、それでだんだん自分の考えに自信を持つようになっていったんです」

厚子は頷いた。自分の罪はいずれ発覚しただろうが、この刑事が担当だったことが救いだと思った。

「あたし、本当は一昨日こちらに来ていたんです。その前日の夜に主人から電話がかかってきたとき、来ることが決まったんです」

「大阪が嫌いなのに、来はったんですか？」

「しかたがありませんでした」

あのときの電話で、実際彼女はいったん断わったのだった。

——そんなこというなよ。めったに休めないんだぜ。

——だったらあなたが帰ってきてくれればいいじゃないの。

——そういうわけにはいかないんだよ。それにじつはマンションの権利証も持ってきてほしいんだ。

——権利証？　どうして？

——ちょっと確認したいことがあるんだ。くわしいことは会ってから話すからさ。

そして洋一は一方的に電話を切ってしまったのだった。そこでしかたなく、厚子は翌日の夕方大阪へ来たのだ。

「で、店でお会いになったわけですね」

刑事が訊いた。厚子はゆっくりと顎を引いた。

「あの人は、あたしの顔を見るなりマンションの権利証を出してくれといいました」

彼女はまた川に視線を戻した。川べりのネオンが反射して光っている。そのイルミネーションに洋一の顔がオーバー・ラップした。

「早く出してくれよ」

洋一の言葉は命令調で、それでいてどこか媚びるような響きがあった。

「どうするつもりなの？」

厚子は詰問した。どうするつもりなのか、なんとなく察しはついていた。

「どうしようといいじゃないか。君の悪いようにはしないよ」

「嫌よ。売る気なんでしょ」

「早急に金がいるんだ」

「やっぱり……」

「何がやっぱり、なんだ」

「商売に使うんでしょ」

「ちょっと借りるだけだよ。仕事がうまくいけば、こっちにマンションを買おう。いい加減に一緒に住もうじゃないか」

「お金のことならお兄さんに援助を頼めばいいじゃないの。そういうふうにいってくれって、あたし一彦さんから頼まれてるのよ」

「そんなふうに半人前扱いされるのが嫌なんだ。なんとしてでも今回のピンチは自力で凌いでみせる。だから協力してほしいんだよ」

「住まいを売ってまで、やらなきゃいけないことなの？」

「商売人の意地だ。わかってくれよ。さあ、こっちに権利証を」

鬱陶《うっとう》しそうに顔をしかめて、洋一は右手を出した。厚子はバッグを抱え、後ろ向きになった。そのとき机の上に、果物ナイフの置いてあるのが目に入った。

「さあ、早よ、渡してくれ」

洋一に肩をつかまれたとき、厚子の手は咄嗟にナイフに伸びていた。洋一は少し驚いたが、別に恐れてはいないようすだった。

「なんだよ、あぶないじゃないか」

厚子の頭の中に、何年か前の忌《い》まわしい思い出が蘇ってきた。家庭を破壊し、幸せを奪った出来事だった。

「あなた、今大阪弁になってたわ」

「大阪弁？」

「早よ……って。アクセントも……」

「ああ……だけどそれがどうしたんだよ。ずっと住んでりゃ、しまいにはうつってくるんだよ」

彼女は両手でナイフを握りしめ、それをゆっくりと自分の顎の下に持っていった。あの日の母と、同じ格好だった。

「お願い」

厚子は哀願した。「あたしのいうとおりにして。このままじゃ泥沼に入ってしまうわ」

ここではじめて洋一はひるんだようだった。だがそれも一瞬のことで、すぐに近づいてきた。

「何をいってるんだ。馬鹿なことをするんじゃない。さあ、こちらにナイフと権利証を渡すんだ」

そして彼は彼女の腕を掴んだ。彼女は必死でナイフを握りしめていた。母は簡単に包丁を父に奪われ、それで失敗している。厚子にとって今ここでナイフを渡すことは、再び悲劇を繰り返すことのように思えた。

「離すんだ」

「嫌よっ」

もみあっているうちに、勢い余って二人は床に倒れこんだ。「うっ」という呻き声が聞こえ、洋一の身体が一度激しく痙攣《けいれん》した。そして厚子が我に返ったとき、彼はもう動かなくなっていた。

胸には、ナイフが突き刺さっていた。


「あとは何がなんだかわかりません。できるだけ指紋を消して、あわてて店を出ました。それから新幹線の最終に乗って、東京のマンションまで帰りました」

一気にしゃべったあと、厚子はふうーっと大きなため息を吐いた。刑事は欄干にもたれて聞いていたが、彼女の話が終わると鼻の下をこするしぐさをした。

「今のお話で、僕のほうの疑問も解けました」

「疑問？」

「ええ。なんで愛する人を殺したのか、それがさっぱりわからんかったもんですから」

そして番場はまた鼻の下をこすった。

「刑事さんは」

と厚子は静かな口調で言った。「なぜあたしが犯人だとわかったのですか？」

すると彼は鼻を指先ではじき、「匂いです」といった。

「死体を調べたとき、髪の毛からええ匂いがしてたんです。ヘア・リキッドの匂いと違います。それは香水の匂いでした。女やな、とすぐに思いました。それも被害者を愛していた女やと睨みました」

「愛していた？……どうしてですか？」

「匂いは髪の毛からだけしていましたから。僕はまず、なんで香水の匂いが、頭にだけついたのか考えてみたんです。移り香が頭にだけというのは、ちょっと変ですからね。それで思いついたのは、犯人が被害者をこういうふうに抱きかかえたんやないかということでした」

刑事は赤ん坊を抱くような格好をした。

「何かのはずみで刺し殺してしもうたけれど、犯人は現場を立ち去る前に、もう一度被害者を抱き起こしたのやないかと考えたんです。抱き起こして、それからまた寝させたから、死体はあんなに行儀よく倒れていたんやないかと」

番場の言葉に厚子はうつむき、そして目を閉じた。彼の言うとおりだった。

動かなくなった洋一を起こし、彼の顔を自分の胸にうずめるように抱きしめたのだ。抱きしめて、泣いた。涙が涸れるまで泣いた。

「奥さんの香水の匂いをかいだとき、自分の推理に間違いないと思いました。なんでこんなにええ人がご主人を殺したのか、そこのところは全く見当もつきませんでしたけど」

初めて会ったとき、この刑事が香水の匂いを褒めてくれたことを厚子は思い出した。あのときすでにこの男は真相を知っていたのだ。

厚子はゆっくりと目を開いた。わずかの間に夜がさらに迫っていた。街が顔を変えてきており、道行く人々も昼間とは違った表情を見せていた。

「大阪の夜はこれからですわ」

ふいに刑事が言った。そして厚子の顔を見て、小さく呟いた。「そしたら、そろそろ行きましょか」

厚子は頷き、改めてまわりの光景に目を配った。相変わらず大勢の人間が忙しそうに現われては、またどこかに消えていく。

「ほな、行きましょか……」

彼女も小声で言った。

白い凶器

1

「あなたが……殺したのね？」

真っ暗な中で、女は言った。部屋の灯りは全部消えている。水道の蛇口から水が一滴落ちて、流し台に置いたままの食器に当たる音がした。

長い沈黙。やがて、

「そうだよ。僕がやったんだ」

「どうして？」

「どうして、だって？　当然のことじゃないか。あんなやつは死ねばいいんだよ。そうは思わないの？」

「それは思ってるわ。でも殺すなんて……。ほかに何か方法がなかったのかしら？」

「ないよ。これしか方法はないよ。これ以外に、僕たちの恨みを晴らせるどんないい手があるというんだい？」

「きっと警察が来るわ。そしたら何もかもおしまい」

「大丈夫だよ。神様はいつだって良いほうの味方さ。僕たちが罰せられることなんて、絶対にない」

「だけど、だけど……」

「怖がることはないよ。きっと大丈夫。目を閉じて、ゆっくり眠ろうよ。さあ、いつものように子守り唄を歌って」

「ええ、歌うわ。でも……ああ、でも……あたし頭が変——」

2

死体を見て、田宮《たみや》警部は顔をしかめた。誰だって朝からこんなものは見たくない。目をそらすついでに上を見る。灰色の建物が空に向かって伸びていて、ガラス窓に光が反射していた。

「六階ですよ」

田宮の隣りに若い刑事が来て、上から二番目の窓を指差した。「どうやらあそこから落ちたようです」

「どうしてあそこからだとわかるんだ？」

上を向いたまま田宮は訊いた。

「死人は購買部材料課というところの課長さんでしてね、あの窓のあるところが材料課の部屋なんです」

「ふうん、そうか。鑑識はもう上がってるのか？」

「とっくに上がっています」

「それじゃまあ、我々も行くか」

田宮はもう一度死体に目を向けると、顔をしかめながら建物に向かった。

A食品株式会社の敷地内で、材料課課長安部孝三《あべこうぞう》の死体が発見されたのは、この日の早朝だった。七時に守衛が見回りをはじめたところ、本館の裏の通路で見つけたのだ。

死体はコンクリートの通りの上で大の字になっていて、大量の血が流れ出していた。

所轄署の捜査員が間もなく駆けつけたが、他殺の可能性もあるということで、県警本部の捜査一課からも捜査員がやってきたのである。

「この窓から落ちたのは間違いないようですね」

田宮たちが六階にある材料課の部屋に行くと、西岡《にしおか》刑事が開け放たれた窓を指していった。

「窓枠の上のほうに、安部のものと思われる毛髪と血が付着していました」

「ここにか？」

田宮は窓に近づき、窓枠を下から覗きこんだ。「じゃあ何か、落ちるときにここで頭を打ったのかな？」

「そのようですね。かなり痛そうですけど」

「そうだな」

田宮は自分の頭を撫でた。その頭は少し薄くなり始めている。

「この窓は開いていたのか？」

「開いていたそうです」と西岡は答えた。

「そうです？」

田宮は眉を寄せた。「どういうことだ？」

「この会社では、夜中の一時に守衛が建物の中の見回りをするんだそうです。で、昨夜も回ったらしいですが、そのときにこの部屋の灯りは煌々《こうこう》とついていて、窓も開けっ放しだったということなんです」

「それで守衛はどうしたんだ？」

「窓だけ閉めて、そのまま見回りを続けたらしいです。どうやらまだ社員が残っていると思ったみたいですね。ごくたまに、それぐらい遅くまで働いている人がいるそうです」

しかしそれではちっとも見回りの意味がないではないかと田宮は思ったが、口に出すのはやめておいた。

「すると落ちたのは、一時よりも前ということだな」

「死亡推定時刻は」と西岡は手帳を出した。「昨夜の九時から十一時だということです」

「なるほど」

田宮は窓際に立った。窓は腰よりも少し上の高さだ。そこから顔を出すと、検視の片付けをしているのが見える。あまりの高さに思わず足がすくんだ。

「安部の席はどこだ？」

「ここです」

窓際を背にして二つ並んだ席の片方を西岡は示した。椅子に『安部』と書いた札を貼ってある。隣りの席の椅子には『中町』とあった。

安部の机の上は片付いていた。ファイルやノートがブックエンドで立てられているほかは、こんもりと吸い殻を盛った灰皿が置かれているだけだった。

田宮は机の横のゴミ箱の中を覗いてみた。昨夜の仕事の名残りが、丸められたり、引き裂かれたりして捨てられている。彼はその中の一つをつまみあげて広げてみた。だがそれは会議資料の類ではなかった。マジックで大きく字が書いてある。

田宮はそれをまた丸めてゴミ箱に戻した。

間もなく社員たちが出勤してきた。専務取締役、安全部長といったところが顔を見せにやってくる。田宮は適当に挨拶だけしておいた。こんな連中には、何を聞いても無駄だと知っている。

材料課の課員たちは、近くの会議室で待機させてあるということだった。田宮はその中で一番年嵩の佐野《さの》という男を部屋に呼んだ。

佐野は小太りで、白い顔をした男だった。気は弱そうだが係長だ。彼によると、安部は昨夜、残業で遅くなる予定だったという。今日、購買部会議というのがあって、そこで報告をするための資料作りをしていたらしい。

「残っておられたのは安部さんだけでしょうか?」と田宮は訊いた。

「さあ、いつも何人かは残っているのですが……。タイムカードを見ればわかると思います」

田宮が西岡に目くばせすると、すぐに彼は立っていった。

「それにしても驚かれたでしょう?」

西岡を待つ間、田宮は煙草に火をつけて、気軽に尋ねてみた。佐野は頷き、自分もショートホープを取り出してきた。そして大きく一服すると、ようやく人心地ついたという顔をした。

「今日は課長に承認印をもらわなきゃいけない件が二つほどあって、そのことばかり考えながら会社に来たんですよ。まさかこんなことになるとは夢にも思いませんでした」

煙草を指先に挟み、佐野は小さく首をふった。

「昨日の安部さんのようすに、何か変わったことや気づいたことはありませんか？」

「さあ……別に普段と一緒だったと思いますがねえ」

「今日は会議があるということでしたが、それはかなり重要な会議なのですか？」

「いやあ、そんなことはないです。単なる定例会議ですよ」

そう言って佐野はまたせわしなく煙草の煙を吐いた。

間もなく西岡が材料課員のタイムカードを持ってきた。それによると、昨夜残業をしているのは、森田《もりた》という社員と中町由希子《なかまちゆきこ》という女子社員の二人だった。森田は九時五分に、中町由希子は十時二十二分にタイムレコーダーを打っている。まず森田のほうから話を聞くことになった。

「どうしても昨日のうちに仕上げたい報告書がありましてね、それで残っていたんです」

森田は甘い顔つきをしたスポーツマンタイプだ。三十過ぎで独身だという。もてそうな男だなと田宮は思った。

「あなたがお帰りになるとき、安部さんは何をしておられました？」

「何か資料を作っておられるようでしたね。それを中町さんが手伝っていました」

「どんなご様子でした？　たとえば苛立っておられたとか……」

「笑ってましたよ。僕がいる間も、よく冗談を飛ばしておられました」

「ほう、笑って……ねえ」

少なくとも森田の供述からは、自殺のセンは浮かんでこなかった。

中町由希子は背が小さく童顔で、二十四という年齢よりもずっと若く見えた。ひどく緊張しているようすで、ハンカチを握りしめた指に力が入っている。由希子の仕事は材料課の人事事務が主で、そのために席の位置が課長の隣りになっているのだということだった。

「昨夜はずっと課長さんのお手伝いをしていました。課長さんが下書きされたものを、ワープロを使ったりして清書するんです。それが十時過ぎに終わって、ごくろうさんもう帰っていいよとおっしゃったので、あたしだけ先に失礼させていただきました」

「そのとき安部さんは何をしておられましたか？」

「後片付けをしておられたと思います」

由希子はうつむいて答えた。

「残業中何か変わったことはなかったですか？　どこかから電話がかかってきたとか」

「いいえ、ありませんでした」

小さな声だが、比較的はっきりと彼女は言った。

中町由希子が出ていったあと、田宮は西岡に、「どう思う？」と尋ねた。

「何ともいえないですね」と西岡は答えた。「中町由希子の話を信用するなら、安部が落ちたのは十時二十分以後ですね。また、二人の話を総合すると、どうも自殺のセンはなさそうです」

「そうだな。それに――」

と田宮は窓枠の上のほうを見た。「いくら自殺しようと思っている人間でも、あんなところに頭をぶち当てていくとは思えんしな」

臭うな、と田宮は思った。何かある。

「ただですね……ホトケの推定体重をご存知ですか？」

彼の考えを感じとったのか、西岡が訊いてきた。

「知らない。何キロだ?」

「八十から八十五」

うーむ、と田宮は唸った。この部屋には争った形跡はないし、窓枠の高さからして、後ろから突いたぐらいで落ちるとも思えなかった。しかも八十キロ——。

「ちょっと無理かな」

突き落とすのは、という意味だった。

「少なくとも自分には無理です」と西岡。「プロレスラーなら可能でしょうが」

「すると事故か? 過って落ちたということか?」

田宮はもう一度窓際に歩みより、下を見下ろした。「しかしいったい何をどう過ったら、こんなところから落ちるというんだ?」

3

午後になると捜査員が引き揚げたので、材料課の課員たち十五人は本来の職場に戻ることができた。森田も自分の席につく。彼の席は安部のすぐ前で、佐野の向かい側だった。つまり右横からは課長に見られ、正面からは係長に見られるという配置なのだ。だが今日は課長席には誰もいない。今日に限らず明日からも、少なくとも安部に見られることはないのだ。そんなことを考えながら空席になった机を見ると、森田は何となく不思議な感じがした。

少しは仕事をと彼が思いかけたとき、斜め前で中町由希子が立ち上がった。由希子はコピー室に行くようだ。森田は適当な書類を持って、彼女のあとを追った。

コピー室には他に誰もいなかった。由希子は彼の姿を見ると、黙って右手を差し出した。コピーをする書類を寄越せという意味らしい。だが彼はそれを無視して、

「何を訊かれた？」

と小さな声で尋ねた。由希子は黙々と何枚かコピーを繰り返したあと、

「昨日何時に帰ったかとか、課長さんのようすはどうだったかとか」

と答えた。

「それで何と答えたんだい？」

「タイムカードどおりだし、課長さんのようすには別に変わったことはなかったって……。だってそうだったんですもの」

「そうだったよね。だから僕も同じように答えたんだ」

森田が言ったが、由希子は返答せずに作業を続けている。複写機の音を聞きながら、

森田はさらに言った。

「ところで話があるんだ」

4

「今度はあいつだよ。あいつを殺すんだ」

「だめよ、そんなこと。いけないことだわ」

「いけなくなんかはないよ。あいつだって仲間さ。憎くはないの?」

「憎いわ、とても。気が狂いそうになるほど憎い。それなのにあの人たちは、自分の罪に塵ほども気づいていない」

「彼らはそうさ。そういう人間なんだよ。殺してしまおう。ためらうことはないよ。憎しみをかみしめるんだ」

「ええ、そうね。憎しみをかみしめて……」

「どうやって殺してやろう? どうやって」

「何かうまい方法を」

「考えるんだ――」

5

田宮は苛立っていた。連日の聞き込みにもかかわらず、手がかりらしきものが何ひとつ得られていないからだった。中町由希子が会社を出たのが十時二十二分。死亡推定時刻などから考えて、それから約一時間以内に安部が転落したのは確実なのだが、夜中のことで誰も物音など聞いていない。またその時間帯でも会社の出入りは自由で、誰かが入ってきたとしても何の記録にも残らないということだった。したがってタイムカードを押したのは中町由希子が一番最後でも、安部の残業を知っている人間なら誰にでもチャンスはあるということになる。

問題点はもう一つある。巨漢の安部を転落させる方法だ。解剖の結果からだと、殺されてから落とされた可能性は低いということだし、鑑識の所見によると、落下位置から推定するとかなり勢いよく投げ出されたとみるべきだとあった。

ではやはり自殺か？

「そんなこと、絶対にありません。あの人は仕事も家庭もきちんと両立させて、すごく満足していたはずなんです。今度の休みには家族揃って旅行に行くはずだったんですよ」

これは夫人の涙を流しながらの弁である。妻の『絶対』があてにならないことは百も承知だが、他の人間から聞いた話も同じようなニュアンスだった。だいたい安部という男は太っ腹なほうで、どんなことがあっても自殺という結論は出てこないはずだというのだ。

ここで他殺説に戻る。

しかし今のところ、安部が誰かに恨みをかっているという事実は出てきていない。多少無神経なところはあるが、世話好きで、愛想がよく、むしろ好かれているほうだという報告ばかりだ。そういえば事件のあった夜も、彼は森田や中町由希子に冗談をとばしていたという話だった。

では安部が死んだことで得をする人間がいるか？　これも結論からいうと該当者なしだ。強いていえば下の者の出世が早くなる可能性はあるが、そんなことで殺人を犯すとは考えられない。

結局、他殺説も揺らぎつつあった。

第二の事件が起きたのは、そういうときだった。

6

安部が死んでから一週間がたっていた。材料課の職場もようやく元の仕事のリズムを取り戻し、課長机が空席であることにも違和感を覚えなくなり始めていた矢先のことだ。佐野の机に置いてある電話が鳴りだした。佐野はいない。今日は仕入れ先の工場を視察に出かけているのだ。

「はい、材料課ですが」

たまたま通りかかった課員が受話器を取った。「はい、佐野はうちの社員ですが。……えっ？　まさか。本当ですか？　……はい……はい」

この受け答えに、森田をはじめ他の課員も顔を上げて彼に注目した。彼は顔をひきつらせ、何かしきりにメモしている。その額には脂汗が滲んでいた。そして乱暴に受話器を置いたあと、

「大変だ」

と誰にともなく呟いた。「佐野さんが……死んだ」

一見したところでは、単なる交通事故だった。自動車専用道路のカーブで、曲がりき

れずに分離帯に激突したのだ。幸い他の車に被害は及ばなかったが、佐野本人は即死だった。事故発生の直前に佐野の車の後ろを走っていたドライバーは、ふらふらして何となく危なっかしい感じがしていたと証言した。だからなるべく離れて走っていたので助かったのだとも付け加えた。

現場検証の結果からも居眠り運転と判断された。

だがかねてより安部の死の真相を調べていた県警本部捜査一課は、この事故に疑問を持ち、遺体を解剖に回してもらえるよう依頼した。轢《ひ》き逃げ等犯罪の臭いが強い場合はともかく、自損事故の場合は解剖されないのが普通だ。

そしてその結果が出た。佐野の体内からは睡眠薬が検出されたのだ。

田宮と西岡の二人は、再びA食品の本社に行き、材料課の課員何人かと話をした。わかったことは、佐野が出張することや車を使うということは課員全員が知っていたということ、それから彼が出発する直前に茶を飲んだということである。その茶は、毎朝十時になると中町由希子が皆に配るらしい。

中町由希子を呼ぶことにした。由希子はこの前と同じように、ややうつむき加減に現われた。椅子に座っているときに身体を強ばらせるのも同じだ。

田宮は何気ない調子で茶のことを確認した。たしかにあの朝も茶を出したと由希子は答えた。

「お茶はどこで入れますか？」

「廊下にある湯沸かし室です」

「あなた一人で入れるのですね？」

「そうです」

「あの朝あなたがお茶を入れているとき、湯沸かし室に誰か入ってきませんでしたか？」

由希子は顔を傾けてしばらく考えこんだあと、

「よく覚えていません」

と答えた。「ときどき人が入ってきます。あの日がどうだったか……覚えていません」

「それではお茶を入れている途中で、あなたが湯沸かし室を出たということはなかったですか？」

ここでもすこし間があいたが、今度はわりにきっぱりと、

「そんなことはなかったと思います」

と中町由希子は答えた。

田宮は由希子を見つめた。彼女は掌をこすりあわせたり、握りしめたりしている。小

さめだが白く陶器のような手だった。

「すみませんが我々を湯沸かし室に案内していただけませんか?」

思いついて田宮は言ってみた。とくに面食らったようすもなく、ええどうぞと由希子は立ち上がった。

湯沸かし室は狭い部屋で、流し台と大型の湯沸かし器が備えられていた。由希子は手早く急須を洗って茶の葉を入れ替えると、食器棚から湯のみ茶碗を二つ出し、田宮たちのために茶を入れてくれた。これはどうも、と刑事たちは恐縮した。

「うまいお茶ですね。ところで湯のみ茶碗は、各自決まったものがあるんですか?」

食器棚の中を覗きこみながら田宮は訊いた。

「いいえ」と由希子は答えた。「今刑事さんが持っておられるものと同じものが、食器棚の中に四十六個入っています。それを適当に使用します」

「なるほど、そういうことですか」

ということは、茶に睡眠薬を入れただけでは、どれが佐野に当たるのかはわからないわけだ。

「お茶を渡すときはどのようにするのですか? あなたが一つ一つ各自の机の上に置いていくのですか?」

「そうです」

「ほう、たいへんですね。——あっ我々はもう結構ですよ。ごちそうさまでした」

由希子が急須に湯を注ぎ始めたので、田宮はあわてて辞退した。だが由希子は抑揚のない声で、

「いえ、ついでですから課の者に出そうと思って」

と言うと、トレイの上に同じ形の湯のみ茶碗を並べ始めた。


「どうもよくわからんな」

会社を出て、駅のほうに向かって歩きながら田宮はつぶやいた。

「状況だけを見れば、中町由希子がもっとも怪しいですね。安部の転落死のときは最後まで一緒にいましたし、今回の犯行も彼女なら可能です」

「たしかにそうだな。しかしいずれも状況だけだ。睡眠薬にしても、あの茶に入っていたと決まったわけじゃない」

「そうですね」

「とにかく安部と佐野の周辺を徹底的に洗おう。必ず隠された共通点が見つかるはずだ」

7

佐野に関する情報が集まってきた。だがそのどれもが、田宮を満足させるものではなかった。関係者の佐野に対する印象は、気は弱いが真面目で、責任感の強い人物という点で見事に一致しているのだ。おまけに酒は飲まず、博打も一切やらないという。田宮は最初に佐野と会ったときのことを思い出した。たしかにそういう感じだった。

「安部とのつながりですが、職場の上司と部下という関係以外は何も浮かびあがってきませんね。だから二人の共通の知り合いとなると、課員ということになります」

この件を当たっていた捜査員は、疲れ果てたという顔で報告した。

やっぱり単なる事故ではないか、安部の転落事故と重なったのは偶然ではないか――そんな声も聞かれはじめた。だが睡眠薬の件は解決していない。

「佐野の妻の話ですが、佐野は睡眠薬など飲んだこともないそうです。根っからの真面目人間で、車を運転するときには奈良漬も食べないということです」

捜査員のひとりは自信を持っていった。

しかし全く進展がないわけではない。職場の人間のアリバイを調べていた捜査員たちは、安部が転落したと思われる時間帯の全員のアリバイを確認したのである。つまり、安部の転落現場に居合わせることができたのは、中町由希子ただ一人となったのだ。

もちろんこのことは決め手にはならない。犯人が安部の部下の中にいるとは限らないからだ。だが安部と佐野との共通点を考えた場合、彼女の存在は無視できなかった。

「中町由希子か……たしかに気になる」

田宮は顎を撫でた。

中町由希子に関しては、安部の転落死のときにある程度は調べたのだった。その報告書をみると、あの若くて平凡そうな女性が意外な苦労をしていることがわかる。

彼女が現在の会社に入ったのは四年前、地元の短大を卒業した年だ。このときには資材部というところに配属された。

ここまでは順調だったといっていい。

最初の不幸はそれから一年後に起こっている。母親が亡くなったのだ。ガンだった。父親は子供の頃になくしていたので、兄弟のいない彼女はこれでひとりぼっちになったわけだ。

それでも彼女が耐えられたのには、当時同じ職場にいた中町洋一《よういち》の存在が大きいという。洋一は何かにつけて彼女の力になってやった。普段地味な彼女も、洋一の前では多弁になり、笑うことも多かったそうだ。彼女が二十三の秋、つまり去年の秋に結婚した。それからの半年間が彼女の人生にとって最高だったといえる。由希子さんは結婚してから見違えるように奇麗になったという台詞を、西岡などはあちらこちらで聞いたほどだ。

だが、前述したように、その幸せも半年間だった。今年の五月に洋一が自動車事故を起こして死亡したのだ。雨の日にハンドルをきりそこねて、電柱にぶつかったのである。今度はさすがに彼女も立ち直れなかった。それで二週間会社には出てこなかった。会社側は彼女に新しい職場を与えた。それが現在の購買部材料課だ。

「亭主の死には不審な点はなかったんだろうか？」

報告書から顔を上げ、田宮はそばにいた西岡に訊いてみた。

「一応確認してみましたが、疑わしい点はなかったそうです。残念ながら解剖はされていませんが」

「安部や佐野とつながらないかな？」

「それも徹底的に調べました。無関係と断言していいと思います」

「やれやれ、何もなしか」

田宮は両手を頭の後ろで組み、大きく伸びをした。

「それからその後わかったことですが、彼女は流産しています」

「なに流産？」

伸びを途中でやめた格好で、田宮は訊き直した。

「ええ、流産です」と西岡は繰り返した。「先月、中町由希子は流産しているのです」

「説明してくれ」と田宮は椅子に座り直した。

西岡の調べによると、先月の初めに中町由希子は十日の休みをとっていた。しかも土日にくっつけているので、実質二週間ということになる。届けによると、夜中突然腹痛を訴え、救急車で病院に運びこまれたのだということだった。

「それで流産だったのか」

「そういうことです」と西岡は静かな口調で言った。「亡くなったご主人の形見だったわけで、彼女の唯一の生き甲斐だったらしいというのが担当医師の話です。数日間は全くのノイローゼ状態で、手におえなかったそうですよ」

「よく立ち直ったな」

「それが七日、八日と経つうちに、次第に冷静になっていったんだそうです」

「妊娠や流産のことを、もちろん会社の人間は知っているんだろうな」

「無論です。退院後しばらくは、比較的楽な業務をさせてもらってたといいますから」

田宮は唸って、下唇をつきだした。

「さて、それが事件に関係するかどうかだな」

「今のところは、関係する要素はないですね。子供を失って彼女は絶望していたようですが、それと安部や佐野とは何らつながりがない」

「うむ」

田宮は席を立ち、窓の外を見た。中町由希子の、どこか翳りのある顔が目に浮かぶ。愛する夫に死なれ、その忘れ形見も失ったとあっては、彼女の悲しみはどれほどのものだろう？

8

佐野の自動車事故から三日が経っている。材料課は何となく陰鬱な雰囲気に包まれていた。原因は、二人が死んだということだけではない。どこからそういう話が出るのかは不明だが、課員の中に殺人者がいるという噂が深く静かに広まっているのだ。社内では胸に職場名を書いたバッジを付けることになっているのだが、購買部材料課と知って変な目で見られたという者が何人かいた。

そうなるとどうしても会社にいづらくなる。このところ課員の残業数は極端に減っていた。

森田もこの日は定時きっかりに部屋を出た。ただ彼の場合皆とは理由が違う。彼は門を出て少し歩いたところで、森田は中町由希子に追い付いた。彼の顔を見ると、彼女の黒目がまごついたように揺れた。

「会社の人間が来ない喫茶店を見つけたんだよ」

森田は周りに視線を配りながら囁いた。「そこでこの間の話の続きをしたい」

「あたし、あまり時間がないので……」

「少しでいい」

森田が言うと、彼女は小さな声で、「はい」と返事した。

目的の店には歩いて十分ほどで着いた。コーヒーの専門店で、照明をおさえてある。予想どおり、見知った顔はなかった。若いとはいえ由希子は未亡人である。しかも夫を亡くしてから四カ月ほどしか経っていない。それを強引に誘ったとなれば、会社側から注意を受けるのは明白だった。

森田は煙草を取りだすと、まず一本くわえて何もいわずに半分ほど吸った。由希子はうつむき、目をふせている。頬の線が、うす暗い中でくっきりと浮かんでいた。

「非常識なのはわかっている」

森田は一本目の煙草を灰皿の中で揉み消し、またもう一本を取り出しながら言った。

「だけど、どうにも待てないんだ。だいたい、いったいどのぐらい待てばいいだろう？　一年かい？　それとも二年かい？」

すると由希子は微かに笑みを浮かべ、ちょっと首を傾げるようなしぐさをした。

「だってあたし、まだ全然そんなことを考えてませんから」

「それはわかっている。だから考えなくていいよ。何も考えずに、僕としばらく付き合うというわけにはいかないだろうか？」

「でも……」

「もちろん人目にはつかないように努めるさ」

「……」

由希子は黙ってしまった。だが機嫌を損ねたわけでもなさそうだ。森田の強引さにあきれたのか、唇の端に少し笑みを残したまま、目を斜め下に向けていた。

喫茶店を出ると、森田は彼女を送っていくことにした。彼女も無理に嫌だとはいわなかった。何ひとつ色よい返事はもらえないが、望みがないわけではないと森田は思った。

彼女が現在の職場に移ってきたときから、森田は彼女に魅かれていた。美人というわけではないが、彼女には素朴な輝きがある。派手な女性とばかりつきあってきた森田には、その輝きは新鮮だったのだ。

彼女が結婚経験者だということは全く気にならなかった。むしろ先月の流産騒ぎのほうがショックだった。死んだ夫の亡霊が、どこまでもついてきているような気がしたのだ。

二階建ての小奇麗なアパートの前まで来たとき、由希子がふいに足を止めた。狭い駐車場に誰かが立っていたのだ。長身で、痩せた影がこちらに近づいてくる。やがて灯りの下に顔が現われた。背は高いが、まだあどけなさを残した少年だった。手に大きなバッグを下げている。

「伸《しん》ちゃんごめんなさい」

と由希子は言った。「ちょっと寄り道してて遅くなっちゃったの。ずいぶん待った？」

少年は首をふった。そして黙ってバッグを差し出した。由希子はそれを受け取ると、

「じゃあがんばってね」

と言った。少年は彼女の顔を見て小さく頷くと、続いて森田のほうに視線を動かした。だが彼の目は森田を見ているのではないようだった。彼は会釈すると、森田の横を通り抜け、夜の道に消えていった。

「亡くなった主人の弟です」

少年が消えた闇を見つめて、由希子が言った。「夜間高校の一年です。自動車修理工場に住み込みで働いていて、週に一度だけ洗濯物を持ってきます」

「君が洗うのかい?」

森田の口調は、ひどく非難めいたものになってしまった。だが彼女はそれには答えず、

「さようなら」

といって建物に向かって歩きだした。

9

部下の報告を待つ間、田宮は窓の外を眺めていた。このときふと、彼の目に止まるものがあった。向かいの建物の窓際で、誰かが台に乗っているのだ。窓が閉まっているからいいようなものだが、そうでないと極めてあぶない。

台に乗っていた男は、額縁のようなものを持って下りた。どうやら窓の上に飾ってあった額を、取り外したらしい。

そんなようすを見ているうちに、田宮の頭に浮かんだことがあった。

「おい」

と田宮は西岡を呼んだ。「床に立っている人間を窓から突き落とすのは至難の業だが、窓際で椅子か何かの上に立っている人間ならば、ちょっと押せば簡単に落ちるんじゃないか？」

「えっ？」と西岡は間の抜けた返事をした。

「相手はこの上に立っているとするんだ」

田宮は窓際に椅子を持っていった。

「そりゃあ、それなら簡単でしょう」

と西岡はいった。「でも窓際で椅子の上に立つなんてこと、ありえますか？」

「それがありうるんだ。窓と天井の間によく額縁を飾ったり、はり紙をしたりするだろ？　そのときには窓際で何かに乗らなくてはならない」

西岡は眉を寄せ、こめかみのあたりを指先で押えた。状況を思い浮かべているのだ。

「安部は何かはり紙をしようとしたというわけですか？」

「そうだ。そしてはり紙の内容はこうだ。『吸いすぎに注意しましょう』」

「どうしてそれを？」

「あの日、ゴミ箱のひとつにこう書いたはり紙が捨ててあったのを見たんだよ。おそらく安部は、あのはり紙を窓の上に貼ろうとして椅子に乗ったんだ。そして犯人はゆっくりと近づき、安部の隙を見て窓を開ける。そして……」

と田宮は両手を自分の前に突き出した。

「渾身《こんしん》の力をふりしぼって押す。椅子の上の安部は、バランスを崩して窓の外に倒れる。そのときにはずみで、窓枠の上に頭をぶち当てることもあるだろう」

「なるほど」

と西岡は感心して何度も頷いた。「そういう手がありましたね」

「ただしこの方法は、安部が信用している人間でないと成功しない。本来いるはずのない人物が近づいてきたら、安部も警戒するだろう」

「わかります。つまりそのときに安部と一緒にいても不自然でない者ですね」

「そうだ」

そして田宮は言った。「こうなると、あとは動機だけだ」

「そのことですがね。今ちょっと閃いたことがあるんです。中町由希子の流産の件ですがね、あれ、本当に安部や佐野たちは関係していなかったんですかね？」

西岡は妙に意味あり気な言い方をした。

「どういうことだ？　何か関係していたというのか？」

「いや、実際のところはわかりません。でも要は、中町由希子がどう考えているかですよね。じつは最近新聞でちらっと読んだことがあって、そのことを今思い出したんです」

「ずいぶんもったいぶるじゃないか」

田宮は苦笑した。「いったい何の話をしているんだい?」

「だから今田宮さんがヒントをおっしゃったじゃないですか」

西岡は窓のほうを指していった。「はり紙の話ですよ」

10

昼休みになるとほとんどの者は社員食堂に行く。だが中町由希子が弁当持参で来る日があることを森田は知っていた。それが、今日だ。

皆が行ってしまったあと、森田は由希子に近づいていった。彼女の弁当は黄色いタッパーウェアに入っていた。

「おいしそうだね」と彼は声をかけた。

彼女は箸を持ったまましばらく自分の弁当を眺めたあと、森田を見上げた。

「食堂に行かれないんですか？」

「今日は用があってね」

森田は彼女の後ろの窓際に寄り、そこから下を見た。つい先日ここから落ちた者がいるとは、今もまだ信じられなかった。

「一度ゆっくり食事でもしないか」

と彼は言った。「ちょっと会って話すだけじゃ、何の進展もないよ。いい店があるんだ。人目にもつきにくいし、気に入ってもらえると思う」

「いけませんわ」

彼女は箸を置いて下を向いてしまった。

「何がいけないんだ？　時期が、かい？　そんなもの同じだよ。君が僕と食事をしたくないならそれでいい。そう言ってくれればいい」

どうだろう、と彼は由希子の顔を覗きこんだ。

由希子はそれでもしばらく黙っていたが、何か決心がついたらしく、顔を上げて森田の目を見た。

「どこかの店に行かなくちゃいけませんか？」と彼女は訊いた。

「いや、だからゆっくり話をしたいだけだよ。喫茶店とかじゃ落ち着かないだろう？」

森田が言うと、彼女はゆっくり首をふり、「そうじゃないんです」といった。「あたしを森田さんのお部屋に連れていっていただけませんか？　そうすれば、ゆっくりできるでしょう？」

彼女の言っている意味が、森田にはすぐに理解できなかった。が、やがて彼は相好を崩し、彼女の肩に手をのせた。

「君がいいなら、もちろんオーケーだよ。少し汚れているから、今夜大急ぎで掃除するとしよう。で、いつがいい？」

「いつでも」と彼女は言った。

「じゃあ明日だ。この間の喫茶店で落ち合おう。七時。いいね？」

由希子はこっくりと頷いた。森田はぱちんと指を鳴らした。「最高だよ。明日は最高の一日になりそうだ」

「ただ」

森田の浮かれ顔と対照的に、由希子は厳しい表情を見せた。「このことは絶対に人には言わないでください。もし誰かにお話しになったら、もう二度とお会いしませんから」

口調も険しかった。森田は少し圧倒されながら、

「わかった、約束するよ」

と少し上ずった声で答えた。

11

田宮と西岡は、由希子が流産したときに入院したという病院に行き、そのときの担当医師に面会を求めた。彫りが深く締まった顔つきの、いかにも判断力がありそうな感じの医師だった。

田宮はまず由希子の流産のときのようすについて尋ねてみたが、ほぼ西岡からの話と一致していた。

「流産の原因について、先生のほうから説明をされましたか?」

田宮が訊いた。

「一般論的なことは話しました。しかしあまり細かいことはいってません。何しろひどく落ちこんでいましたしね。それよりも今後の処置のほうが肝心でしたので」

医者としては、済んだことよりもこれからのことのほうが大事なのだと、付け加えた。

「なるほど、ところで彼女はかなりノイローゼ気味だったようですね」

「かわいそうでしたよ」

そのときのようすを思い出したのか、医師は小さく首をふり、眉の端を下げた。

「でもやがて落ち着いたらしいですね。何か立ち直るきっかけのようなものがあったんでしょうか？」

すると医師は腕組みをして、

「きっかけといえるかどうかはわかりませんが、そういえば、こんなことを言ってましたね。流産したと知ったときには、死んだ夫に申し訳なくて狂いそうだったが、自分のせいでないことがわかって少しはほっとした……と」

「自分のせいではない――そう言ったんですね？」

「ええ、たしか……」

田宮は身を乗りだした。

「先生もう一つお聞きしたいんです。彼女はこういう質問はしていなかったですか――」

捜査本部に戻ると、田宮はA食品に電話して森田を呼び出すよう指示した。至急話しておきたいことがあるのだ。

だが森田を呼び出すことはできなかった。終業ベルが鳴るや否や、そそくさと帰ってしまったというのだ。

「大事な客が来るのだとか言ってたそうです。客の名前は極秘だそうで」

「大事な客？　極秘？」

嫌な予感がした。それでは中町由希子はいるかと田宮は言った。若い捜査員はその旨を尋ねていたが、すぐに田宮のほうを見て首をふった。

「彼女もやはり、すぐに帰ってしまったそうです」

「まずいな」

田宮は唇を噛んだ。

「おい、至急森田の自宅へ行ってくれ」

12

「本当に誰にもおっしゃってないですね？」

マンションの入口まで来たとき、由希子はまた心配そうに確認した。これで何回目になるだろう。昨日、森田のマンションに来るという約束をしたときから、彼女はしつこく尋ねてくるのだ。

彼女が人の目を気にするのは森田にも理解できた。だから今日彼女と会うなどということは、誰にもしゃべっていない。だいたい人にしゃべるようなことでもない。

「大丈夫。二人だけの秘密だよ」

森田は濃い色のサングラスをかけた由希子に言った。このマンションには彼女を知っている者などいないのだが、このサングラスと白い帽子を取ろうとしない。そういえば着ている服も、今日会社で見た服とは違った。

森田の部屋は1LDKだ。入ってすぐ左が寝室になっている。森田がそこで着替えをすませて出てくると、由希子はコーヒーを入れていた。

森田はコーヒーをサイドテーブルに運び、ソファに腰を沈めた。由希子も隣りに座った。

「こんなふうにして、君と話をするのが望みだった」

そう言って森田はコーヒーを飲んだ。

「森田さんの話を聞かせてください」

由希子はテーブルの上のマルボロを取り、森田のほうに差し出した。彼が一本をくわえると、彼女はすぐ横に置いてあったライターで火をつけた。

最高の一服だ、と森田は思った。

「さあ、何の話をしようか？」

「そうねえ」

と彼女は唇の端に人差し指を当てて、「煙草の話」

「煙草は畑に作る一年草で……」

森田は天井に向かって煙を吹きつけた。「この世で最高の嗜好品の原料となる。ただし吸いすぎると、ユル・ブリンナーになる」

「ユル・ブリンナー？」

「肺ガンで死んだんだ」

森田はコーヒーを飲み、煙草を吸った。

「森田さんは肺ガンにはならないんですか？」と由希子が訊いた。

「僕はならない。ならないと信じているのさ」

このあと森田は自分の昔話をした。学生時代にアイス・ホッケーをしていた話だ。一生懸命体重を増やそうとした話、シュートしようとして自分がゴールの中に入ってしまった話――。

突然眠くなった。

目のまわりがほてる感じがして、瞼が重い。座っているのも辛くなった。

「どうしたの……かな」

森田は由希子のほうにもたれかかりそうになったが、その前にすっと彼女は立ち上がった。かすかに開いた森田の目に、彼女の見下ろす姿が入った。

どうしてそんな顔を——そう思っている間に彼は目を閉じていた。

13

「ついにやった。これで終わりだ」

「ええ、終わりね。すべて終わり。何もかもうまくいったわ」

「ああ、これでようやく眠れる。本当の眠りにつける」

「そうよ。もう苦しむ必要はないの。あの人殺したちはこの世にいないのよ。みんな地獄に落ちたわ」

「僕の言ったとおりだろ？　警察には何もわからない。あいつらには、本当のことなんか何もわからないんだ」

「あなたの言ったとおりよ。あたしたちが罰せられることなんてない。神様はあたしたちの味方よ」

「僕たちの味方だ。僕たちの――」

14

激しい衝撃が頭に響いて、森田はようやく目をあけた。ものすごい形相をした男が目の前にいる。それでまたさらに目が覚めた。

「ようやく気がついたらしいな」

男は言った。よく見るとそれは前に会ったことのある刑事だった。西岡とかいった。

身体を起こすと頭がジンジンとうずいた。どうやら頬を相当はられたらしい。

「彼女は?」

部屋の中を見回して森田は尋ねた。窓や玄関のドアが開放されている。西岡だけでなく、何人かの見知らぬ男たちが部屋の中を歩き回っていた。

「彼女は?」

森田はもう一度訊いた。すると西岡は森田の肩を摑み、真剣なまなざしで彼を見つめてきた。

「彼女はたぶん自宅だ。そしてそこで逮捕される」

森田は大きく目を見開いた。「どうして？」

「殺人及び殺人未遂だ。あんた、自分が殺されかけたことに気づかないのか？」

「まさか……」

「本当だよ。彼女はあんたに睡眠薬を飲ませ、ガス管を開いて逃げたんだ。あんたにとって幸運だったことは、彼女がガスに無知だったことだ。ここは天然ガスだから、一酸化炭素中毒にはならないんだ」

「そんな、どうして彼女が……あんたたちはその理由を知っているんですか？」

「まあ一応は」と西岡はいった。「今から説明しますよ。だけど……たぶん信じられないと思うよ」

15

田宮たちが由希子のアパートに駆けつけたとき、彼女の部屋の前には先客がいた。黒いTシャツを着た、ひょろりとした少年だった。少年は大きなバッグを持っていた。

少年は田宮たちの姿を見ると、すべてを察したように悲しげな目をし、ゆっくりと左右に首をふった。

「君は？」

と田宮は訊いた。

「中町伸治《しんじ》です」

と彼は頭を下げた。

「ああ、亡くなった旦那さんの……。どうしてここに？」

「洗濯物を持ってきたんです」

伸治は大きなバッグを持ち上げて見せた。「それにときどき様子を見に来たほうがいいと思うから」

「様子を見にくる？」

田宮は眉をひそめた。「それはどういうことだい？」

しかし彼は答えなかった。その代わりに、

「義姉《あね》を捕まえにこられたのですか？」

と少し震えた声で訊いてきた。田宮は少し驚いて、それから頷いた。

「君は知っていたのか？」

「はっきりじゃないけど……たぶん義姉がやったんだろうって思っていました」

「なぜあんなことをしたのかも？」

少年は首をうなだれた。

「義姉は兄貴が死んで、すごく悲しそうでした。でも何とか元気になったのは、その兄貴の子供が出来たと知ったからなんです。この子と二人で生きていくんだと話していました。ところがあんなふうに流産してしまって……。流産して以来、義姉のようすは変でした。ぼんやり考えごとをしたり、突然泣きだしたりするんです。で、そのうちに、すごく無口になりました。何かのとき、義姉は僕に話してくれました。赤ちゃんが死んじゃった理由がわかったわよって。職場で義姉は煙草を吸う人たちに囲まれていて、妊娠中にそんなところにいたから流産したのよと言いました」

だから、と少年は唾を飲みこんだ。

「だから必ず仕返ししてやるって……。義姉のあんなに怖い顔を見たのは初めてです」

小刻みに震える伸治の肩に手を置き、

「よくわかったよ」

と田宮は言った。「あとは我々に任せてくれるね」

すると伸治は顔を上げ、すがるような目を田宮に見せた。

「刑事さん、何かの本で読んだんですけど、精神に異常があるときの犯罪は、大目に見てもらえるんですよね？」

「うん。それはそうだが、お義姉さんの場合はどうだろうね」

「刑事さん」

「うん？」

「僕がどうしてここに立ってたかわかりますか？」

田宮は少年を見て、首をふった。「いや」

「ときどき僕はこうしているんです。寝かしつけるまでは」

「寝かしつける？」

「ここから覗いてみてください。そして耳をすましてよく聞いてください」

伸治は台所の窓を細く開け、田宮に場所を譲った。田宮は言われたとおりにした。

台所の向こうの部屋で、由希子が座っているのが見えた。彼女は赤ん坊の人形を抱え、しきりに呟いていた。

「もう何も心配することはないんだね。ええそうよ、何も心配しなくていいの。僕が生まれてくるのを邪魔した奴らはもういない。そう、もういないのよ。だから今夜はお寝《やす》みなさい。ねえママ、ありがとう。何いってるの、ママは何もしていないわ。全部あなたがやったのよ。あなたがあいつらを殺したのよ。あたしはただ見てただけよ。ねえママ、子守り唄を歌って。歌うわ。一緒に歌いましょう――」

さよならコーチ

1

最初は誰もいなかった。が、すぐに左側から直美《なおみ》が現われた。直美は壁際の長椅子に腰かけ、真っすぐにこちらを向いた。薄く口紅をつけている以外は、いつもと同じように化粧気はない。後ろの壁が白いせいもあって、小麦色の肌が一層際立《きわだ》って見える。ショートカットの髪から覗いた耳には、赤いサンゴのイヤリングがついていた。

彼女は瞬《まばた》きを何度かしたあと、唇をかすかに動かした。それから一度大きく深呼吸すると、今まで以上に思いつめた目でこちらを見つめてきた。

「コーチ」

と直美は最初の言葉を発した。「あたしやっぱり、もう……疲れました」

そしてまた口を閉ざす。右手をユニホームの胸にあて、呼吸を整えるように薄く目を閉じた。

数秒間そのままの姿勢が続く。やがて彼女はゆっくりと瞼《まぶた》を開いた。胸にあてられた右手は動かない。

「今までにも何度かこういうことってありましたよね。そのたびにあたし、崩れそうになるんだけれど、いつもコーチはいいましたよね。あと少しの辛抱《しんぼう》だから、がんばれって……」

直美は首をふって続けた。「でも、もうだめ。あたし、そんなに強い女じゃないんです。これ以上はがんばれません。辛抱もできません」

直美は目を下にそらせ、両手をこすりあわせた。次の言葉を考えているようなしぐさだった。

「覚えています、あの頃のこと？」

うつむいたままこういってから、彼女はまた顔を上げた。「一番調子が良かった頃。あの頃はあたし以外にも部員がいましたよね。中野《なかの》さんや、岡村《おかむら》さんも一緒でした。あの人たち、今はいいお母さんになっているんですって。引退して職場に戻ってからは、やっぱり居心地が悪いらしくって、結局すぐに会社を辞《や》めていかれたのですけど……」

そこまでしゃべると直美は髪に手をやり、

「昔の話をしようとしていたんでしたわね」

と寂《さび》しそうな苦笑を浮かべた。

「覚えているでしょう？　あたしが三十メートルで日本記録を出しそうになったときのこと。全日本選手権の最終日でしたわね。それまでのスコアもよくて、優勝の可能性も残っていました。あたしは足がブルブル震えて、とても的《まと》を狙うどころじゃなかった。残り六射ぐらいになると、心臓の鼓動に合わせて腕まで震えだして……。あのときコーチはこんなふうにあたしの手をとって――」

直美は何か大切なものを包みこむように、両方の掌をそっと合わせた。

「何もこわがることはないんだ――そうおっしゃいましたね。おまえの後ろには俺がいる。俺はおまえのことだけを見ている。だからおまえも、俺にだけ見せるつもりで、悔《く》いのないショットをしてほしい。他人のことは気にするな。この競技場は広いけれど、ここにいるのはおまえと俺だけなんだ――」

直美はふうーっと深いため息をついた。そしてしばらく黙っている。わずかに目を伏せ、身体は動かない。

「あの言葉で、どれだけ元気づけられたか」

彼女は再びこちらを見た。「あのあと、あたしはほとんどミスなく射ち続けられました。そしてトップに並んで……。最後の一本が十点に入れば、三十メートルの日本記録も飛び込んでくるはずでしたわね。でも最後の一本は九点でした。コーチ、気づいておられました？　あの最後の一本を射つとき、あたし、全然震えなかったんです。それまでは、ああこの震えさえなければ、もっと完璧なショットができるのにと思っていたのに、最後の最後で震えが止まって九点。どうして震えが止まったのか、今のあたしにはよくわかります。あのときあたし、とても幸せでした。本当にコーチと二人だけの世界にいるようで、もう別に競技のことなんて気にならなくなったんです。だからこわくなって、身体の震えも止まったんです。だけどコーチ、それじゃやっぱり勝てないんですね。一点差で、結局あたしには何も入ってこなかった」

一気にこれだけしゃべると、直美はひと休みするように唇を舐《な》めた。

「でもねコーチ、勝てなかったけれどあたしは満足でした。あたしにとって、生涯最高の試合。一番華やかだった日。コーチは試合のあとであたしのところに来て、よくやったって褒《ほ》めてくださったわ。最後で外すところがおまえらしいじゃないかなんてガラにもない冗談をいったりして……」

彼女の言葉が急に途切れた。首をうなだれ、膝《ひざ》の上で両手を握りしめているのがわかる。肩は小刻みに震えている。うつむいたままで彼女はいった。

「ねえコーチ、あの頃は楽しかったですね。あたしの成績を会社が評価してくれて、部の予算が大幅にアップしましたわ。宣伝部長が練習を見にきたこともありました。次はオリンピックを目指そう——本気でそれが合言葉になりましたね」

　直美が顔を上げると、その目は充血して真っ赤だった。瞬きを一度すると、両方の目から涙がこぼれて頬に流れ落ちた。彼女はそれをぬぐわず、室内をゆっくりと見回した。

「この部屋も寂しくなったわ」

　と直美はいった。「以前はあんなにいた部員が、今はあたし一人。どうしてこんなことになってしまったのか、全然わからない」

　彼女は左手を伸ばし、目覚まし時計のようなものを取り上げた。それはタイマー・スイッチだった。そこから出ているコードをたどると、それは彼女のユニホームの中につながっているのだった。彼女はタイマーの文字盤をこちらに見せた。

「今、三時半です。あと一時間でスイッチが入って、コードに電流が流れるようになっています。どこに電流が流れるかというと——」

　直美は自分の胸を指差した。「コードはあたしの胸と背中につないであります。そこに電流を流せば、苦しまずに死ねるそうです。今から睡眠薬を飲みますから、眠っている間に死が訪れるというわけです」

　彼女は片手で傍《かたわ》らに置いてあったコップを手に持ち、もう一方の手でその横の錠剤をつまんだ。そして薬を口の中に入れると、コップの水を飲んだ。一瞬顔を歪《ゆが》めたのは、喉を錠剤が通過する不快感のせいだろう。

はあ、と息を吐くと彼女はコップを戻し、壁にもたれかかった。

「さよなら、コーチ」

と直美は囁《ささや》きかけてくるようにいった。「コーチと一緒にここまで来れて、あたし幸せでした。とくに何かを後悔しているってわけじゃないんです。ただちょっと疲れ過ぎただけ……。さよならコーチ、とても楽しかった」

直美は目を閉じた。椅子に座ってこちらを向いている直美の姿。そのまま何分間かが過ぎていく。やがて彼女は静かに横たわり、また時間が流れる。

やがてビデオの画面は途切れた。


「なるほど」

モニターのスイッチを切ったのは所轄署の刑事だった。年は私よりも五つぐらい上だろう。口のまわりに髭《ひげ》を生やしているが、奇麗に手入れされていて不潔な感じは受けない。スリムな顔立ちだが、目は丸く人が良さそうに見える。

「覚悟の自殺だというわけですね。それにしても自分の最後をビデオにとっておくとは……時代が変われば遺書の形も変わるということなんですねえ」

感心したような口ぶりでいうと、刑事はビデオを操作してテープを巻き戻した。

「信じられないことです」

と私はいった。「彼女が自殺するなんて」

「でも信じざるをえませんね。こうして実際に見せられたのですから」

髭の刑事が首をちょっと曲げてビデオ・デッキのほうを見た。私は頷《うなず》くと、目線を横のほうに向けた。壁の前には、今の映像の中で直美が腰かけていた長椅子が置いてある。直美の姿はすでになく、捜査員たちが動き回っていた。

つい三十分ほど前までは、その長椅子の上に直美が横たわっていたのだ。

「このカメラですね」

刑事は椅子から立ち上がると、部屋の中央部に三脚でセットしてあるビデオ・カメラに近づいていった。

「操作方法は簡単なんでしょうね？」

刑事が訊いた。

「簡単です」

ビデオ・デッキの前に座ったままで私は答えた。

「望月《もちづき》さんも操作には馴《な》れておられたのですか？」

「ふつうは私が彼女を撮ってやるだけでしたが、彼女も使ったことはありました。それに本当に簡単で、誰でもすぐに覚えられます」

ほう、といいながら刑事はカメラを覗きこんだ。だが、今は電源が入っていないから、何も見えないはずだった。

髭の刑事は不満そうな顔でカメラから顔を離すと、咳《せき》をひとつして私のそばに戻ってきた。

「もう一度確認させていただきますが、あなたがここに来られたのは午後五時頃だということでしたね？」

「そうです」

「入口に鍵は？」

「かかっていました」

「どうやってあけたのですか？」

「鍵を持っていましたから」

私はポケットからキーホルダーを出すと、部屋の鍵を刑事に見せた。刑事はそれをじろじろ見てから、

「そうして望月さんが長椅子の上で横たわっているのを発見した？」

と訊いてきた。先程私がいったとおりのことなので、頷くだけにしておいた。刑事も黙って頷いた。

「すぐに自殺だとわかりましたか？　あの状況を見て」

刑事のいう『あの状況』とは、横たわった直美の身体からコードが出て、それがタイマーを介して部屋のコンセントとつながっていたという状況らしい。

私は力なく首をふった。

「咄嗟には何が何だかわかりませんでした。昼寝をしているのかと思ったぐらいで」

そうだろうな、という顔で刑事は私を見た。

「でもすぐにタイマーの意味がわかって、それであわててコンセントから引き抜いたんです。それから彼女の身体を揺すってみましたが……」

私はそれ以上続けるのをやめた。こんなことをいくら説明しても仕方のないことだ。

「で、警察に連絡されたわけですね？」

髭の刑事は部屋の隅《すみ》に置いてある電話機を顎《あご》で差した。そうです、と私は答えた。

「ビデオ・カメラに気づいたのは？」

「部屋に入ったときから気づいていました。普段はこんなところに立ててありませんから。それで警察と会社に連絡したあと、中のテープを再生してみたんです。そうすると」

「望月さんの最後のシーンが入っていたということですね」

「ええ……」

刑事は髭をこすり、何かを考えているようすだったが、やがて手を止めた。

「あのコードやタイマーは、この部屋にあったものですか？」

「タイマーはここにあったものです。冬場、電気ストーブに接続して、練習から帰ってきたときに部屋が暖まっているように使っていたんです。もっとも最近は、危ないということで全然使っていなかったのですけど」

「コードのほうは？」

「わかりません」

「望月さんは、なぜこういう自殺方法を思いついたんでしょうね？　お心当たりはありませんか？」

「さあ……」

私は首をひねった。そういわれればたしかにそうだ。彼女はなぜあんな方法を思いついたのだろう？

わからない、と私は答えた。

「では睡眠薬ですがね、望月さんはあの薬をどうされたんでしょう？」

「あれはたぶん……彼女がときどき飲んでいたものだと思います」

「ときどき？」

刑事は怪訝《けげん》そうに眉を寄せた。「どういうことですか？」

「大事な試合の前日など、興奮して眠れないことがあるらしいんです。そういう夜は睡眠薬を服用していたようでした。大きな大会では薬物チェックもあるので、私は禁じていたんですけれど」

「なるほど」

刑事は頷いた。そして一度部室内を見回すと、私の顔をしげしげと見ていった。

「で、自殺の原因は何だとお考えですか？」

2

望月直美は学生時代から、アーチェリー界では少し名の知れた選手だった。優勝経験があるわけではなかったが、成績に波が少なく、いつも上位に顔を出していたからだ。

その彼女がうちの会社に入ってきた当時は、うちのアーチェリー部もまだ活気があった。有名選手を何人か抱えていたし、常に誰かがナショナル・チームに入っていた。私もその頃は部員の一人だった。

それから八年がたった。

その間にいろいろなことがあった。ビデオの中で直美が語っていたように、彼女の活躍で我が部が活況を呈した時代もあった。彼女のいうとおり、たしかにあの頃が最高だったと思う。しかしあのあとは、まさにピークを過ぎた下り坂を思わせた。

私をはじめ、何人かの選手が第一線を退《しりぞ》いた。しかも実力のある選手が新たに入ってくることもない。某大手企業が有力な選手を次々に引き抜いてしまうため、もともと企業としては中小の部類に属する我が社を、わざわざ希望する者などいなくなったのだ。当然公式戦での成績は低調になる。そうなれば会社からの年間予算を削られるというのが、この世界の宿命だった。

三年前に部員は直美を含めて三人になり、間もなく直美一人になった。会社側は何度も部の解散を考えたようだ。だが何とか踏みとどまってきたのは、直美がオリンピックに出場できる可能性を持っていたからだった。オリンピック出場となれば会社の大きな宣伝になる。

そして先日、オリンピック選考会が行なわれた。会社はもちろん期待しただろうが、直美自身も、おそらくすべてを賭けて挑《いど》んだはずだ。二十代という人生の一番楽しい時期を犠牲にしてきたのだ。彼女にはもう、次の機会、という言葉はなかった。

しかし彼女は本番でミスを連発した。その原因を考えてみてもしかたがない。精神状態に大きく左右される競技には、こういうことがしばしば起こるものなのだ。彼女の場合それが、一番肝心《かんじん》な場面で出たにすぎない。

そして彼女は最後のチャンスを逃した。

「それで――」

と刑事はいった。「それで望月さんは絶望して死を選んだというわけですか？」

「おそらく……あの選考会以来、ひどく落ち込んでいましたから」

「しかし望月さんはまだ三十歳でしょう？　次のオリンピックまで待っても三十四。アーチェリーのことはよくわかりませんが、まだもう一度チャンスがあるように思えるのですがね」

刑事は合点《がてん》のいかない顔をしたが、

「そういうものではないのですよ」

と私は静かにいった。「今度のために彼女はがんばってきた。これが最後だと思うから緊張を持続できたともいえます。今度がだめだからその次——そういうものではないのです」

「それにしてもオリンピックに出られないから死ぬというのは……自分には理解しがたいですね」

「そうでしょうね。それはあなたが、彼女がそのために何を犠牲にしてきたのかをご存じないからだと思いますよ」

私が言うと、刑事は少し虚をつかれたような顔をした。それから顎を撫《な》で、観念したように頷いた。

「まあおそらく、そうでしょうね」

やがて刑事には解放されたが、今度は会社側に説明する仕事が私には残されていた。考えようによってはこちらのほうが厄介《やっかい》だ。

部室を出るとき、私は出口に立つと、たっぷりと時間をかけて部室の隅々に視線を配った。直美がこうなった今、部が消滅するのは明らかだった。何もかもが彼女と共に終わったのだ。

直美の愛用した弓が、壁際に吊《つ》るしてあった。あの選考会以後、彼女は結局一度も弓を引かなかったのだ。

彼女の弓の上を、一匹の蜘蛛《くも》が這《は》っていた。黄色と黒の縞《しま》模様で、足の長さを含めれば四、五センチはありそうだった。私が手で追い払うと、蜘蛛は素早い動きで壁を上り、天井の換気口から逃げていった。

3

直美の葬儀は三日後に行なわれた。生憎《あいにく》の雨ふりで、木造二階建ての家の前に、長い傘の列ができた。

直美の両親は健在で、二つ下の弟がいる。その弟のほうがすでに結婚して家を出ており、この家では両親と直美が三人で暮らしていたということだった。

予想されたことだったが、両親の私を見る目には明らかに憎悪が含まれていた。あんなものに夢中にならなければ――母親は皺《しわ》に埋もれた瞼を押えるようにして、涙をぬぐった。

「楽しんでやっとればいいんだ」

父親の口調は淡々としていたが、こめかみのあたりがピクピク震えるのがはっきりとわかった。

「スポーツなんて楽しむものだ。それをオリンピックだとかいって、そそのかす者がおるから……」

父親は歯をくいしばっているようだった。私は何もいわず、ただ頭を下げていた。

葬儀から帰ると、マンションの玄関で妻の陽子《ようこ》が塩をかけてくれた。

「警察から電話があったわ」

礼服をハンガーにかけながら陽子はいった。

「警察から？」

「ええ。お葬式だっていったら、またかけ直すって」

「ふうん」

私はふだん着にかえると、ソファに腰を下ろした。直美のことで何かわかったことでもあるのだろうか？

「お葬式はどうだった？」

陽子が湯のみ茶碗を二つ運んできて、私の隣りに座った。ほうじ茶の香りが漂《ただよ》ってくる。

「別にどうということはないさ」

と私は答えた。「葬式なんて、あまり気分のいいものじゃない」

「ご両親、悲しんでらしたでしょうね？」

「それはまあね」

「あなたのこと、恨《うら》んでいらした？」

私は黙って茶を啜《すす》った。それだけで陽子も察したようだった。

「仕方ないわね」

と彼女はいった。

「仕方ないさ」

と私も呟《つぶや》いた。「実際のところ、俺が彼女を殺したようなものだ。彼女は何度もアーチェリーを辞めようとした。そのたびに俺が引きとめた」

私がいうと、陽子はちょっと首を傾《かし》げるようなしぐさをして、湯のみ茶碗を両手で持ち上げた。

「あなたじゃなかったらどうかしら？」

私は彼女の横顔を見た。

「俺じゃなかったら？」

「コーチが、よ。そうしたら望月さんは、たとえどんなに引きとめられても辞めていたんじゃないかしら。彼女はあなたのことを愛していたのよ。あなただって、そのことは気づいていたでしょう？」

私はため息をつき、茶の残りを飲みほした。

「彼女には支えが必要だった。俺がその支えになれればいいな、とは思った」

「心強かったと思うわ」

陽子はしみじみとした口調でいった。「そうして彼女にとって、苦しいことばかりではなかったと思うわ。あなたといつも一緒にいられたんですもの。今だからいうけれど、少し妬《や》けた頃もあったの。本当よ」

私は黙って頷いた。陽子がこんなことをいうのは初めてだったが、決して意外な台詞《せりふ》ではなかった。

私が陽子と結婚したのは五年前だ。私が三十歳のときだった。彼女は六つ下で、労務課という私と同じ職場にいた。とはいっても私は普段はほとんど職場に出なかった。一日じゅうアーチェリー場で選手の指導をしているか、合宿に同行しているかだったからだ。

会う機会は極端に少なかったが、それでも私たちは愛しあった。そして今も私は陽子を愛している。彼女の腹の中にいる子も含めて、家族仲よく暮らすのが私の夢だ。

4

刑事の訪問を受けたのは、その夜の七時頃だった。例の髭の刑事に、二十代後半と思える若い刑事が一緒だった。彼らを室内に入れることは陽子が嫌がると思ったので、近所の喫茶店に行くことにした。

「部は解散だそうですね？」

喫茶店に行くと、腰を落ち着ける間もなく髭の刑事が嫌な話題から入ってきた。仕方なく私は頷いた。

「部員がいなくては話になりませんから」

「そうでしょうね。で、今は職場のほうに？」

「昨日から戻りました」

名ばかりの職場だったから、上司や同僚たちの視線には何となく冷《さ》めたものが感じられた。時間の問題で他の職場に変わることになるだろうが、そんなことまで刑事に話す必要はない。

「なるほど。しばらく大変でしょうねえ」

刑事は煙草に火をつけ、やけにスローモーに吸った。若い刑事のほうは挑戦的な目を私に向けてくる。何を考えているのかわからない連中だ。

「ところで例のビデオなんですがね」

煙草の灰を灰皿にぽんぽんと落として刑事は切りだしてきた。「ひとつ疑問な点があるんですよ」

「といいますと？」

「いや、大したことではないんですが」

そういって刑事はまた煙を吐いた。「最後に望月さんが横たわり、少ししたところで映像は途切れていましたね。あれはいったいなぜなんでしょうね？　本当なら、テープが終わりになるまで、ずっと写し続けているはずでしょう？」

「ああ、あれはたぶんカウンターを使ったからですよ。テープのどの部分で録画を終えるかを予《あらかじ》めセットしておけば、そこへ来れば自動的に録画が停止するんです」

「そうらしいですね」

刑事があっさりといったので、私のほうが面食らった。

「ご存じなら別に問題は……」

「いや、メカニズムのほうはいいのです。あの部屋に置いてあったカメラを調べましたから、なぜ録画が途中で止まったかはわかっているのです。疑問だというのはですね、なぜ止めたか、ということです。望月さんは、なぜ途中で録画が止まるようにセットしておいたのでしょう？　ビデオを使った遺書ということであれば、極端な話、死の瞬間まで写したほうが意味がある。それに第一、これから死のうという人間が、そんな面倒な手順を踏むでしょうか？」

私は首をふった。

「私にはわかりません。彼女がどういうつもりでそんなことをしたのか。もしかしたら、死ぬところまでは写したくないと単純に考えただけかもしれない」

「ふむ」

刑事は顎を引いた。「たしかにそういう考え方はできますね」

「何がおっしゃりたいのですか？」

と私はいってみた。「望月君の死に何か疑問があるのですか？」

すると刑事は指先に煙草を挟《はさ》んだまま、ややあわてたようすで掌をふった。

「確認ですよ。少しでも引っ掛かりがあると落ち着かないというのが我々の性分でして。ところで望月さんには付き合っている男性はおられましたか？」

唐突《とうとつ》に話題が変わる。私はコーヒーを一口飲んでから、改めて刑事の顔を見返した。

「聞いてはいないですね。彼女にはそういう時間はなかったと思いますし」

「アーチェリーが恋人というわけですか」

古臭い表現だ。私は黙っていた。

「以前アーチェリー部に属しておられた方から伺《うかが》ったことなんですがね」

刑事は手帳に視線を落とした。「望月さんはあなたに恋愛感情を抱いておられたのではないかとおっしゃるのです。じつはこのことは、我々も例のビデオを見て薄々感づいてはいたのですが」

いかがですか、と刑事は私の表情を窺《うかが》うように上目遣《うわめづか》いをした。

ふうっと私は息を吐いた。

「彼女の気持ちに気づかなかったといえば嘘になります。しかし私としては、あくまでもコーチとして彼女に接しました。それに私には女房がいます」

「なるほど、それはつらいところでしょうね。自分に好意を持っている女性と常に一緒にいて、コーチと選手という関係を維持し続けるのですから」

「別につらくはなかったですよ」

私は眉を寄せ、不快な感情を顔に出した。

そんな私の反応に対し、髭の刑事は興味深そうな目を向けてきた。若い刑事のほうは黙ったままで、相変わらずこちらを睨《にら》みつけている。この男たちの狙いはいったい何なのだろう？

「今からもう少し付き合っていただけませんかね？」

髭の刑事が腕時計を見ていった。「現在七時半です。今から一時間だけ」

「別にいいですけど、まだ何かお訊きになりたいことがあるんですか？」

「これから訊くことのほうが重要なんです」

突然若い刑事のほうがいった。今まで気持ちを抑えていたのか、妙に力んだ声だった。

「場所を変えましょう」

そういって髭の刑事が立ちあがった。「あそこのほうが話しやすいですから」

「あそこって？」

「決まっているでしょう」

刑事はいった。「望月さんが亡くなった、例の部室ですよ」

5

部室は、先日捜査員たちに調べられたときのままになっていた。直美が横たわっていた長椅子もそのままだ。ただビデオ・カメラは警察が持っていったらしく、今は部屋の中央に三脚だけが立っていた。

「奇抜なことを考えたものですねえ」

長椅子に座り、足を組んでから髭の刑事はいった。「ビデオの遺書のことですよ。望月直美さんは、なぜあんなことを思いついたんでしょう？」

「さあ……」

「ご存じないですか？」

「知りませんよ。どうして私が知っているはずがあるんですか？」

「だからたとえば、望月さん本人から聞いたとか」

私は刑事の髭面を見返した。冗談をいっているのかと思ったのだ。だがそういうふうでもなかった。

「死んでしまった彼女から、どうして聞けるはずがあるんですか？」

「だから死ぬ前に、ですよ」

刑事は足を組みかえた。「じつはね、彼女のビデオ遺書について、心当たりがあるとおっしゃる人が見つかったんですよ。あなたも覚えておられるでしょう？　田辺《たなべ》純子《じゅんこ》という人です」

「田辺？　ああ……」

直美を除けば、一番最後にアーチェリー部を辞めた女性だ。努力家で、そこそこの成績は残すのだが、もうひとつ飛躍できずに終わった。彼女が直美の数少ない友人の一人だということを私は思い出した。

「昨年のちょうど今頃、田辺さんは望月さんと会話を交わしておられます。話の内容は、自殺について」

「自殺について？」

「そう。この頃ふっと死にたくなることがある――望月さんがこのように呟いたのが、その会話のきっかけだそうです。何を馬鹿なことをいってるんだと田辺さんはたしなめられたそうですが、望月さんは冗談でいっているのではなさそうだったということです。どうしてそんなことをいうのかと訊いたところ、望月さんは答えました。何だか疲れちゃって、と」

何だか疲れちゃって――。

「さらに望月さんはいったそうです。もし自殺するときには、死の最後の瞬間までビデオに撮る。そうしてそのテープを愛する人に捧《ささ》げる。その人があたしのことを決して忘れないように……と」

コーチがあたしのことを忘れないように——。

「どうかしましたか？」

ふいに横から声をかけてきたのは、若いほうの刑事だった。「あまり顔色がよくないようですが」

「いや」

私はハンカチを出し、額《ひたい》に浮いた汗をぬぐった。今日はさほど暑くもないのに、どうしてこんなに汗が出るのだろう？

「そういう話を、あなたは望月さん本人から聞いたことはありませんか？」

髭の刑事が尋ねてきた。

「いえ、ありません」

「そうですか」

刑事は椅子から立ち上がると、腕組みをしたまま、そのあたりを歩きまわった。若い刑事は黙っている。狭い部屋が、余計息苦しく感じられた。

刑事は足を止めた。

「じつは、望月さんの日記が見つかったんです」

「へえ……」

どういう反応を見せていいかわからず、私は刑事の口元を見ていた。

「いや、日記というのは正確ではないですね。走り書きというか、落書きというか……望月さんの練習用スコアノートの隅に書いてあったんです」

そういって刑事は上着の内側に手を突っ込み、折り畳んだ紙を取り出してきた。

「そのスコアノートをコピーしたものですよ。筆跡は間違いなく望月さんのものらしいですが」

彼が差し出したその紙を受け取ると、私は胸騒ぎを覚えながらゆっくりと広げていった。乱雑な数字が並んだスコア表の脇に、その文章ははっきりと読みとれた。

『私は死を選んだ。もうほかに道はないと思ったから。でもコーチに見つかり、阻止《そし》されてしまった。まだ希望があるって？　ねえコーチ、どういう希望があるというの？』

じっとりと掌に汗が滲《にじ》んだ。私が顔を上げると、髭の刑事が手を伸ばしてきて、その紙を取り上げた。

「話していただけますよね、いったいどういうことなのかを。このスコア表の日付は昨年の今頃になっている。望月さんは昨年一度すでに自殺を決行されているようですね。

そしてそれをあなたが止めた」

刑事は紙をひらひらさせながら再び椅子に腰を下ろすと、「どうぞ」といって掌で私を招くようなしぐさをした。

少し迷ったが、ごまかすことは不可能なようだった。私は咳払いをひとつした。

「おっしゃるとおり、彼女は去年、自殺をはかったことがあります。それを見つけて、やめさせたのは私です」

結構、と刑事は満足そうに頷いた。

「なぜ彼女は自殺を？」

「ナショナル・チームから漏《も》れたからです」

と私は答えた。「その少し前から極度のスランプで、試合での成績もひどいものでした。それを気に病《や》んでいる上にそういうことがあったので、絶望して自殺しようとしたらしいのです」

「自殺の方法は？」

「そこに紐《ひも》をかけて」

と私は天井近くに組んである何本かの角材を指差した。かつて部員が大勢いた頃は、これらの角材に各自の弓を渡して保管したものだった。

「首を吊ろうとしたのです。寸前で私が見つけて引きとめました」

「ほう」

刑事は天井を見上げた。「去年は首吊りをねえ。ふうん、まあいいでしょう。で、そのときにビデオ・カメラはセットされていましたか？」

「……カメラ？」

「ええ。先程もいいましたが、望月さんは自殺するときにはそれをビデオに撮っておくと決めておられた。だからそのときにもカメラがセットされていたと思うのですが」

「ああ……そうですね」

「どうでしたか？」

刑事は私の目を覗きこんできた。初めて会ったときには人の良さそうな男だと思ったが、今見ると印象が全然違う。この男の目は冷めている。

「いいえ」

と私はかぶりをふった。「あのときはカメラはなかったです。なぜなのかは、私にはわかりませんが」

「ふうん、変ですね」

「自殺するときは興奮していますから、ビデオにおさめておくことなんか忘れていたんじゃないですか？」

「いや、私が変だといったのはそういう意味じゃないんですよ」

髭の刑事は唇の端《はし》を少し歪めるようにして、意味あり気な笑いを浮かべた。そしてさっきと同じように、上着のポケットに手を入れた。

何となく嫌な予感がした。

刑事はまた別の紙を取り出してきたのだった。それを黙って差し出してくる。私は指先が震えそうになるのをこらえながら、紙を手に取った。

「さっきのメモの後編ですよ。そのスコアノートの次の頁《ページ》に書いてあったんです」

たしかにそれは先程見たものと同様のメモだった。筆跡も間違いない。


『あのテープは残しておこう。あたしの死への決意の記録』


なぜ彼女はこんなものを書き残したのだ？　私の知る限り、彼女はこんなことをする女性ではなかったのに。

「変でしょう？」

呆然《ぼうぜん》と立ち尽《つ》くしている私に刑事はいった。「このメモを読むかぎりでは、望月さんは自殺の場面をカメラに収めたことになる。しかしあなたは、現場にはカメラなどなかったといっている」

メモが……。

「本当にカメラはなかったのですか？」

「………」

「本当はあったのじゃないですか？　そうして望月さんが死のうとした経過も録画されていたんじゃないんですか？　そしてその自殺の手段は首吊りなんかではない」

「………」

「返事がないようですな。では、もう一度例のテープを見てみましょう」

「例のテープって？」

声が上ずった。

「決まってるでしょう？　先日一緒に見たじゃないですか」

髭の刑事がぱちんと指を鳴らすと、若い刑事は俊敏な動きでビデオ・デッキの前に立ち、手際《てぎわ》よくデッキとモニターのスイッチを入れた。

映像が始まる。

直美のこちらを向いている姿。

「コーチ、あたしやっぱり、もう……疲れました」――。

淡々とした口調と共に映像は進んでいく。刑事たちが何をやろうとしているのか、私には見当がつかない。

「ここです」

髭の刑事が一時停止ボタンを押した。直美が少し身体を動かしたところで画面は静止した。ちょうど彼女が自殺方法の説明をしているところだ。

「よく見てくださいよ。望月さんのユニホームの袖《そで》の下。何か白いものが見えるでしょう？」

画面の中の直美は、白い半袖のユニホームを着ている。その左腕のつけ根のあたりを刑事は差していった。

「もう少し先に、もっとよくわかるところがあるんですよ。とはいっても、注意して見ないと気づかないぐらいですけど」

刑事は映像を動かし、少し進んだところで、「ほい、ここだ」といって、また一時停止ボタンを押した。直美は左腕を少し上げたような格好で止まった。

「わかるでしょう？　ユニホームの下に何か巻いている」

たしかにそこには何かあった。そしてそれが何であるかを知った途端、私の脇の下を汗がひと筋流れ落ちた。

「これはね、包帯ですよ」

刑事の言葉は勝ち誇っているように聞こえた。「ところが奇妙なことに、死体が発見された時点では、望月さんの左腕にはそんなものは巻かれていなかったのです。これはいったいどういうことなんでしょうねえ」

ねえコーチ――。

「こちらで調べたところ、望月さんが左腕のつけ根に包帯を巻いていたなんてことは、今年に入ってから一度もありません。そんなことがあったのは、一年前のちょうど今頃だけです。左肩の炎症とかで、湿布《しっぷ》をしていたそうです。それはあなたもよくご存じのはずですよね」

ねえコーチ――。

「つまり、このビデオは去年撮影されたものだということになる」

さよなら、コーチ――。

どす黒い雲が空一面を覆っていた。ねっとりとした空気が身体にからみつき、梅雨の接近を感じさせた。

6

その日私は各社の監督・コーチが集まる会議に出ていたので、直美の練習に付き合ってやることはできなかった。会議を終えて戻ってきたのは、四時少し前だった。

アーチェリー部の部室は体育館の二階にある。一階のフロアではバスケットボール部が練習していた。

二階の廊下はひっそりとしていた。他にはソフトボール部やバレーボール部などの部室があるが、どこも皆練習中だ。

アーチェリー部の部屋には灯《あか》りがついていたが、ドアには内側から鍵がかかっていた。私は軽くノックしてみた。着替えのとき、直美は内側から鍵をかけるのだ。

返事がないのをたしかめると、私は自分の鍵を取りだしてドアを開けた。

直美は長椅子の上で横たわっていた。昼寝をしているのか――最初は本当にそう思った。彼女の寝息が聞こえてきたからだ。しかし彼女のユニホームの下から伸びている電気コード、それにつながっているタイマーなどを見て、彼女が何をやろうとしてるのかを私は悟った。

私はあわててコンセントからプラグを抜き、それから彼女の身体を揺すった。

直美は薄く目を開け、私を見てしばらくはぼんやりとしていた。自分が何をやろうとしたのかも、忘れてしまっている顔だった。

「コーチ……あたし」

「なぜだ？」

と私は彼女の肩を揺すって訊いた。「なぜこんなことをしたんだ？」

「ああ……そう」

直美はこめかみを押え、頭痛をこらえるように眉間《みけん》を寄せた。「あたし、死ななかったんだ。コーチが邪魔したのね」

「何てことをするんだ。死んだらそれでおしまいじゃないか」

「ええ」

直美は唇をかすかに緩《ゆる》めた。「何もかもおしまいにしたかったんです。もう何だか、生きてるのが嫌になっちゃって」

「馬鹿なことをいうな。たかがナショナル・チームから外されたぐらいで。少しがんばればすぐに復帰できるさ」

するとと彼女は笑みを浮かべて首をふった。

「それだけじゃないんです。もう何だか疲れちゃって……。ねえコーチ、あたしもうすぐ三十よ。それなのにふつうの女性がしてきたようなこと、何もしていない。何も知らない。このまま年をとっておばあさんになっても、あたしには何も残らない」

「残るさ」

「思い出が、なんてことといわないでね」

「………」

「もううちの部もおしまいでしょ？　そうなったらあたし、どうすればいいのかしら？　会社に入ってから、まともな実務をしたことなんてないのよ。といって、今のあたしの実力じゃどの会社のアーチェリー部も受け入れてはくれないわ」

「だからもう一度がんばるんだ」

「そうして、また夢破れて……気づいたときにはひとりぼっち……恋人もいない」

直美は私の腕の中で泣いた。彼女を口先だけで慰《なぐさ》めることは不可能だった。彼女のいっていることは、決して妄想というわけではなかったからだ。

ビデオ・カメラが回っていることに気づいたのは、その後だった。なぜこんなことを、と私は訊いた。

「あたしの最期を見てほしかったの」

虚脱したような顔で彼女はいった。「コーチがあたしのことを忘れないように」

その夜私は彼女と街へ出て酒を飲んだ。そういうことはかつてなかったことだった。彼女の私に対する気持ちに気づいていただけに、私的な交際は極力避けるようにしてきたのだ。

「頼れるものがほしいんです」

酔った口調で直美はいい、カウンター・テーブルの上に置いた私の指先にかすかに触れた。

「自分にも頼れる人がいる――それを実感したいんです」

私は彼女の潤《うる》んだ目を見ていた。

あの日から一年が経った。あの夜以来、私と直美は単なる選手とコーチという関係だけではなくなっていた。

こういう状態が不自然であることは充分承知していた。しかし男女の関係を持ったことで、直美のヒステリックともいえる精神的動揺は急速におさまっていった。精神の安定は肉体にも反映され、彼女はかつての力を復活させることに成功した。いくつかの競技会で好成績を続け、間もなくナショナル・チームに返り咲くこともできた。

彼女が私に、たとえば結婚というような具体的な要求をしてこなかったことも、二人の関係を長びかせた要因だ。そして私はといえば、直美のために——というような勝手な名目で自分自身を納得させつつ、正直なところこの危険な関係を楽しんでいた。

私たちにとって一番いい結末は、直美が無事オリンピックに出場し、その後に続く彼女の引退と共に二人の関係も清算することだった。

だが私は考えなかった。もしその一番いい結果が得られなかった場合、どういう解決方法があるのかということを。

直美から呼び出されたのは、オリンピックの選考会から一週間たった日だった。彼女は私のマンションのそばまで来ていたのだ。近くの公園で私たちは会った。

「もうアーチェリーはやめようと思うんです」

彼女はきっぱりといった。私は何となく予感していたことなので、それほど驚かなかった。

「そう……しかたないな。やるだけのことはやったわけだし」

「ええ。もう思い残すことはありません」

「最後に、ゆっくり飲みたいものだな」

私の言葉に直美は頷かなかった。頰にかすかな笑みを浮かべていた。

「コーチ」

と彼女はいった。「あたしのこと、奥さんに話していただけません？」

「え……？」

「話してほしいんです。二人のことを」

「急に何をいいだすんだ」

「あたし、アーチェリーはやめます。でもコーチのことは忘れられない。コーチがいいにくいなら、あたしが直接奥さんに会います。そうしてコーチと別れてくれるよう頼んでみます」

どうやら直美は本気らしかった。オリンピック一筋で今まで来た彼女だったが、その夢が壊れた今、結婚という別の夢にすがらざるをえなくなったということだろう。そして男性経験に乏《とぼ》しい彼女は、自分を抱いてくれた男なら、自分のことを一番に愛しているに違いないと信じこんでいるのだ。

私はあわてた。彼女がこういう態度に出ることは予期しなかった。とりあえず今日のところは帰ってほしい、気持ちの準備ができていないからと彼女を説得した。

「いいわ、今日は帰ります。でもコーチ、あたしを裏切らないでね。もし裏切るんだったら、世間に二人のことを公表するから」

そういって直美は瞳《ひとみ》を光らせた。背筋がぞくりと寒くなった。

「わかっている。君を裏切ったりしないよ」

追い詰められた気持ちを隠して、私はいった。


もしも去年彼女が自殺をはかったときのテープがなければ、そんな大それたことは考えなかったかもしれない。あのテープのことを思い出したから、誰にも疑われることなく彼女を殺せると確信したのだ。

もはや直美を殺す以外に道はなかった。直美は毎日のように電話をかけてきては、妻に話したかと問い詰めてくる。私が言葉を濁《にご》すと、自分が直接会うといいだす始末だった。

彼女が誰かに話してしまうことも私は恐れていた。会社に知れればすべてが終わりだ。殺すしかない、陽子と子供のためにも――殺人という行為の恐ろしさに気持ちが萎《な》えそうになると、自分に何度もこういいきかせて準備を進めた。

例のテープは部室の棚の一番奥にしまってあった。私はそれを何度も繰り返し見て、去年撮影されたものとはわからないだろうと判断した。問題は映像の後半で、私が彼女を助けるシーンが写っていることだった。そこで私が助ける前のところでカットすることにした。録画が止まっていることについて警察は疑問を持つだろうが、やむをえない。部屋の中は、ビデオの中の映像と全く同じように復元した。あと復元しなければならないのは直美本人だが、これには考えがあった。

「部も実質上は消滅するわけだから、最後に記念写真を撮っておかないか？　ユニホームを着て、弓を構えてさ」

この提案に彼女は単純に喜んだ。それならうんとめかしこまなくちゃ、ともいった。

「化粧もいいけど、俺は試合に出ていたときの君が好きだな。髪ももっと短いほうがいいし……そうだ、この写真の感じがいいな」

そういって彼女に見せたのは、彼女が自殺をはかった当時の写真だった。彼女はそれを手にとり、しばらく考えてから、「じゃあ、こういう感じにしてくるわ」といった。

当日の四時頃に私たちは部室で会った。相変わらず他の部室には人気《ひとけ》はなく、とりあえず安堵《あんど》した。

彼女は私の注文どおりの髪型にしてきた。赤いサンゴのイヤリングも去年の通りだ。

少し話をしたあとジュースの瓶を取り出し、彼女の前で栓を抜いて渡した。睡眠薬をまぜたのち、改めて栓をしておいた代物《しろもの》だった。

すぐに彼女は眠気を催《もよお》した。言葉の受け答えがいい加減になる。がくっと身体が崩れたところで受けとめた。彼女は辛《かろ》うじて目を開けているという状態だった。

「眠い……わ」

「眠っていいよ」

「コーチ……」

「何だい？」

「さよなら……コーチ」

やがて直美は寝息をたてだした。私は彼女を慎重に長椅子の上に寝かせた。

あとは去年、直美自身がやったとおりだった。指紋がつかないように手袋をはめると、彼女の身体の胸と背中にコードをはりつけ、それをタイマーを通して電源と繋《つな》いだ。そして目をつぶり、一気にタイマーの針を動かして彼女の身体に電流を流した。

一瞬だけビクッと彼女の身体は動いたようだったが、あとは何の反応もなかった。私はおそるおそる目を開けてみた。彼女はさっきと同じ姿勢で、まだ眠っているようにも見える。そっと彼女の口元まで掌を伸ばしてみたが、間違いなく呼吸は止まっていた。

ざわっと全身に鳥肌が立ち、また新たな恐怖が胸に迫ってきた。だがこうしてはいられない。もはや後戻りはできないのだ。

ビデオ・カメラをセットし、棚の奥にしまっておいたテープを取り出した。念のためにもう一度再生してみる。大丈夫、うまくいく。

直美が自殺したという状況と、少しの矛盾もないように入念に室内をチェックした。タイマーOK、ビデオOK、指紋も直美の姿勢にも問題なし。よし。

私は深呼吸をして、部屋の隅に置いてある電話に手を伸ばした。警察は一、一、〇。どんなふうにいえばいい？　あわてたようすで、少しどもったほうがいいか？　いや、案外淡々としゃべったほうが――考えているうちに相手が出て、無我夢中でしゃべっていた。

うまくいっただろうか？

疑っているようすではなかった。多少声が上ずったが、かえって自然だったかもしれない。あとは会社に電話すればいい。

そのときふと、心に引っ掛かるものがあった。直美が最後にいった言葉だ。

「さよなら、コーチ」

なぜ彼女はあんなことを言ったのだろう。

いいようのない不安感が心に広がるのを感じながら、私は会社にダイヤルしていた。

7

白々とした蛍光灯の光の下で、私たちはしばらく口をきかなかった。私の長い話が終わったあとも、刑事たちは話を聞く前と同じ姿勢をしていた。

ただビデオの画面だけは動きだしていた。この機種は一時停止状態で五分以上たつと、自動的に動きだすのだ。

「何といったらいいのかわかりませんが」

ようやく髭の刑事が口を開いた。「ほかにも方法はあったでしょう？　あなたのやったことは狂人的としかいいようがない」

「ええ、そうでしょうね、おそらく」

私はビデオの画面に視線を移していた。直美はまだしゃべり続けている。

「だけど、今の生活を守るためにはほかに方法がなかった」

「とはいっても殺人は割りが合わないでしょう？　それだけ綿密に計画を立てても、結局は崩壊してしまう」

「たしかにね」

私は苦笑を浮かべていた。何をする気力も失《う》せていた。これから自分がどのようになっていくのか、それを考える気にもなれなかった。

「だけど……完璧だと思った」

「完璧なんてことはありえない。あなたも身をもって知ったでしょう？」

「……そうですね」

画面の中の直美は、自分の自殺方法についての説明を終え、静かに瞼を閉じたところだった。こうしていると、問題の包帯などは全然見えない。

それにしても、いったいなぜ見落としたのだろう？

今度の計画では、一番のポイントはビデオ・テープが去年のものだと見抜かれないかということだった。だから私は何度も何度もチェックした。隅から隅まで調べたはずだ。たしかに左腕の包帯は見えにくかったが、あれだけ丹念に調べたのだから見落とすはずはないのに。

なぜだ？

そのとき二人の刑事が立ち上がった。そして若いほうが私の肩に手を置いた。

なのだ。

「行こうか」

私は頷いた。これ以上いくら考えてもしかたのないことだった。ミスをしたのは事実なのだ。

「ビデオも、もういいな」

髭の刑事がデッキに手を伸ばした。モニターテレビは直美の姿を写し続けている。だが刑事がスイッチを切ろうとする直前、それは現われた。

「ちょっと待ってください」

私は刑事を制すると、画面に顔を近づけた。直美が横たわる長椅子の下で、何か動いている。

蜘蛛だ。

黄色と黒の縞模様の蜘蛛だ。先日直美の自殺騒ぎがあったとき、彼女の弓の上を這っていた蜘蛛だ。

あの蜘蛛がなぜここに？　去年撮影したテープに、なぜ先日の蜘蛛が写っているのだ。

突然激しい耳鳴りが私を襲った。それに頭痛。鼓動も早くなり、息苦しくなった。

まさか――。

いや、それしか考えられない。それならばすべて納得がいく。このテープは……直美が新たに作ったものなのだ。

直美は私の計画を知ったのだ。たぶんいろいろな状況から察したに違いない。髪を切れといったことが、彼女の確信を深めることになったのかもしれない。

だが直美は計画を阻止しようとはしなかった。私の愛が偽《いつわ》りだと知り、再び自殺することにしたのだ。私によって殺されるという自殺方法で。

ただ彼女は私を許しはしなかった。私を陥れる、大きな罠《わな》を仕掛けることにしたのだ。

犯行前夜、彼女はひとりでこの部屋に来たに違いない。そして棚の奥から例のテープを探しだし、去年の自分の姿を見た。どんな台詞をしゃべっているか、そのときにどんなしぐさを見せるのか。一度自分がやったことだから、思い出すのは早かっただろう。

そのあと彼女はカメラをセットし、去年と全く同じように演技した。おそらく何度もテープを見直しては、撮り直しをしたことだろう。そうしてついに、去年とほとんど同じ映像を作りだすことに成功した。違っている点はただ一つだ。例の包帯を見せること。

さっき刑事が見せてくれたスコアノートの隅のメモというのも、たぶん彼女がわざと仕掛けたものだろう。私のトリックを警察に見破らせるために残しておいたのだ。

「いったいどうしたというんだ？」

髭の刑事が私の顔を覗きこんできた。私はゆるゆると首をふった。

「いいえ、何でもありません」

「じゃあ行こうか」

刑事に背中を押され、私は出口に向かった。部屋を出るときに一度だけ振り向き、直美が横たわった長椅子を見た。

今ようやくわかった。なぜ彼女が最後にあんなことをいったのか……。

さよなら、コーチ——。

犯人のいない殺人の夜

〈夜〉


腕を取り、手首に指先をあてて拓也《たくや》は首をふった。

「だめですね」

この言葉を聞いた瞬間、あたしはずきんと胸の痛みを覚えた。

「死んでいるのか？」

創介《そうすけ》氏がいった。銀髪のよく似合う恰幅のいい紳士で、どんなときでも穏やかに話す彼だが、さすがに声を震わせている。

「ええ」と拓也は答えた。「脈がありません」

彼の息遣いも不規則だった。無理もない、とあたしは思った。あたしなんて、思わず叫びだしそうになるのを辛うじてこらえている。

「医者に……今すぐ医者に見せれば何とかなるんじゃないかな」

「だめですね」

拓也は絶望的な声を出す。「もう手遅れです。それに……そんなことをしたら大騒ぎになるだけだと思いますよ。胸に刺さったナイフのことを、医者には何と説明します？」

「……そうか」

この質問に対する答えを用意していなかったらしく、創介氏は黙りこんでしまった。

「あなた、いったいどうしたら……」

時枝《ときえ》夫人が、すがるように創介氏に訊いた。だが彼女の夫は口を閉ざしたままだった。

彼だけではない。その場にいた他の四人——夫婦の息子の正樹《まさき》と隆夫《たかお》、隆夫の家庭教師である拓也とあたし——も、彼女の質問には答えなかった。

しばらく沈黙の時間が流れた。息がつまるほどに長く感じられたが、実際はそれほどでもなかったのかもしれない。

やがて拓也がハンカチを取りだし、それを広げた。死体の顔を隠そうということらしい。この中では彼が一番落ち着いているように思われた。

「はっきりしていることは」

彼はそこで言葉を切り、小さな咳をした。

「これは……殺人だということです」

この言葉で、さらにまた部屋の空気が緊張した。

〈今〉

岸田《きしだ》家に行くと、時枝夫人が血相を変えて玄関に現われた。すました猫を思わせる顔つきが、すっかり歪んでしまっている。

「どうしたんですか？」

ゆっくりと靴を脱ぎながら俺は訊いてみた。その俺の手を取ると、

「ちょっとこちらへ」

といって夫人は応接間に引っ張っていく。かなり強い力なので面食らった。

応接間には先客がいた。隆夫と、彼のもう一人の家庭教師である雅美《まさみ》の二人だ。雅美は英語を教えていて、俺が数学と物理を教えている。

俺が入っていくと、雅美は緊張した目をこちらに向けてきた。隆夫のほうは細い首を曲げて、青白い顔で俯いている。元々いくじのない男で、あの夜以来すっかりおびえきってしまっているのだが、それにしても今日はようすがおかしい。何かあったらしいな、と顔と心を引き締めた。

「困ったことになったんです」

俺が腰を下ろすのを見届けてから、夫人がいった。彼女の視線が俺ひとりに向けられているところを見ると、やはり雅美と隆夫は『困ったこと』の内容を知っているらしい。

「何がありました？」と俺は訊いた。

夫人は傍らに置いてあるサイドボードの上から一枚の紙きれを持ってきて、それを俺の前に差し出した。それは名刺だった。

『安藤和夫《あんどうかずお》　新潟県柏崎《かしわざき》市×××』――そこにはこう印刷してあった。勤め先も職業も書いていない。しかしこれだけでこの男が何者であるのかはわかった。さすがに俺の鼓動も早くなる。

「つい先程、その人がやってきました」

やや上ずった声で夫人がいった。「妹を知らないかと訊かれました」

「妹、ということは……」

「ええ」と彼女は顎を引いた。「あの人のお兄さんのようです」

ふうむ、と俺は唸った。あの女――安藤由紀子《ゆきこ》に兄貴がいたのか。

「なぜここへ来たのか、その理由を訊きましたか？」

夫人は、はいと小さく頷いてから、

「あの人の部屋に置いてあった住所録に、この家の住所と電話番号が書いてあったんだそうです」といった。

あの女、そんな余計なことをしていたのか。

俺は心の中で舌打ちをした。うまくいかないものだ。

「安藤氏に会ったのは奥さんだけですか？」

「はい。隆夫は雅美さんに勉強をみてもらっていましたし、うちの人も正樹もまだ帰ってませんから」

「妹を知らないかと訊かれて、奥さんは何とお答えになったのですか？」

「私は知りません……と答えました」

「なるほど」

俺は少しほっとした。下手なことをしゃべるよりは、知らないで押し通したほうがいい。

「奥さんが彼女のことを知らないというと、安藤氏は何といいましたか？」

「他の人はどうか、と訊いてきました。ご主人や息子さんなら知っているのではないですか……と」

まあそうだろうな。

「それで？」

「私にはわからないというと、今晩電話するからそのときまでに他の人に尋ねておいてもらえないかといわれました。断わるのも妙だと思ったので、しかたなく承知しました」

「それは賢明な判断でしたね」と俺はおだてた。「で、安藤氏は帰ったのですね？」

「はい」と夫人は頷いた。

俺は革ばりのソファにもたれかかり、ふうーっと深いため息をついた。事態はまだそれほど悪くない。どうにでもなるレベルだ。だが早めに手を打っておいて悪いということはない。

「このことをご主人に話されましたか？」

「ついさっき会社に電話しました。早く帰るということですけど」

俺の脳裏にちょっとした危惧が浮かんだ。

「すぐにもう一度電話してください。そして、もし安藤氏から何か接触があったとしても即答は避けるようにお伝え願います。安藤氏が各自に当たった場合、それぞれの言葉に食い違いがあっては怪しまれますから。――正樹君には連絡はつかないのですか？」

「アルバイト先に連絡できますわ。じゃあ正樹にも同じようにいいますわ」

「お願いします」

足早に出ていく夫人の背に、俺は声をかけた。

応接間のドアが閉まってから、俺は隣りの雅美を見た。

「わかっていると思うけど、もう引っ込みはつかないんだからな」

雅美は首をすくめ、両手で長い髪を後ろにかきあげた。白いセーターに、胸のふくらみが浮かびあがる。

「あたしは最初から覚悟してるわよ。引っ込みがつくなんて思ってないもの」

「それならいいんだ」

そういって俺は彼女の横の隆夫に視線を移した。雅美は俺の恋人だけあって、いざというときには案外度胸がある。むしろ我々のウイーク・ポイントになりそうなのは、このお坊っちゃんだ。

「隆夫君」と俺はお坊っちゃんの名前を呼んだ。「君もいいね？　今度のことは、全員が力を合わせなきゃいけないんだからね」

隆夫は目のふちと耳たぶを赤くして、機械仕掛けの人形みたいにぎこちなく首を縦に動かした。じれったいやつだ。思わずぼやきたくなるが、今のところは辛抱しておく。

「安藤氏は、彼女の住所録に載っていた名前をすべて当たっているのかしら？」

雅美が不安そうに訊いた。

「たぶんそうだと思う。安藤氏がとくにこの家だけに目をつける理由はないはずだ。今のところ心配する必要はない」

「安藤氏って、どんな男性なのかしら?」

「さあね。淡泊な性格ならありがたいんだが、粘着質だと面倒かもしれない」

我々がそんなことをしゃべっていると時枝夫人が戻ってきた。先刻よりは幾分落ち着いた表情に戻っている。

「主人と正樹に連絡しました。安藤さんはどちらにも会いにいっていないようです」

やっぱり、と頷く。この家だけに注目しているわけではないのだ。

「もし安藤さんが来ても、余計なことはしゃべらないようにといっておきました。二人とも早目に帰ってくるはずです」

「それでいいでしょう。——ではとりあえず我々だけでも話を進めておきましょう。今夜安藤氏から電話があったときに何といって説明するかを、です」

「安藤由紀子さんなんて人は全員が知らない、じゃあ済まされないわけね?」

雅美が訊いたが、これは質問というよりも確認らしい。

「済まされないね」と俺は答えた。「少なくとも、彼女の住所録にこの家が記されていたことについては説明がつかないとまずいだろうね。そこで問題になるのは、どういう名前で住所録に書いてあるのかということですが」

あとのほうは、夫人の顔を見ながらいった。彼女はしばらく宙を睨んだのち、

「安藤さんの話では、名前の欄には『岸田』とだけ記してあったそうです」と答えた。

「名字だけなら、彼女が岸田家の中の誰と知り合いであってもかまわないわけね」

雅美が明るい声でいう。彼女は度胸がいい代わりに、若干考えの浅いところがある。

「基本的にはそうだが、深い付き合いがある、というのはまずいね。根掘り葉掘り訊かれると面倒だ。深い付き合いはないが、住所録に連絡先を書く程度の知り合い、というのが望ましい」

「というと？」

夫人が真摯な眼差しを向けてくる。その目を見返しながら、

「安藤由紀子はフリーライター志望だとかいってましたよね」

と俺はいった。夫人はすぐに頷いた。

「ではご主人のことを取材しに現われたというのはどうでしょうか？」

俺の提案に、「主人の取材を……」と夫人は考えこんだ。

時枝夫人の夫である岸田創介氏は、日本でも指折りの建築家だ。土地が少なくなり、その地価が高騰することで、未来の住居に対する人々の不安は増大している。そうした状況から、建築家の意見が求められる機会が増えている。俺のアイデアは、安藤由紀子もそうしたことを調べていたことにしようというものだった。

「でもそんな嘘をつくと後々苦労するんじゃないでしょうか？」

夫人が遠慮がちにいったのは、俺の意見を否定することに申しわけなさを感じたからかもしれない。何しろ今日までは、すべて俺のいうとおりにやってきたのだ。

「嘘は大胆なほうがいいのです」

彼女を少しでも安心させるために、やや大きめの声で俺はいった。「真実の中にわずかだけ嘘が混じっているというのはいけません。そこだけが浮かびあがって破綻を招くきっかけになるのです。百パーセントの嘘というのは、それが嘘であることをなかなか証明できないものなのです」

俺の話を聞くと、夫人は俯いてまた考えた。しかし今度はすぐに顔を上げた。

「そういうことにするのなら、いろいろと細かいことを打ち合わせなければいけませんね。安藤由紀子さんがいつ来たのかだとか、どういう話をしたのかだとか」

「打ち合わせは必要です」と俺はいった。「しかし、あまり細かいと命取りになる恐れがあります。安藤氏に対しても簡単に説明する程度にとどめたほうがいいでしょう。細かいことを訊いてきても、即答しないことです。そうして相手の出方を見てください」

「じゃあ今日の電話では？」

「安藤由紀子さんは主人に取材を申しこんでいたらしい、とでも答えておいてください。

くわしいことを訊いてきた場合は、まだ主人が帰っていないので、といってごまかしてください。ここで難しいのは、ごまかしていることを相手に気づかれないことです。妙に間をあけたりせず、明瞭に答えるのがミソです」

「わかりましたわ」

彼女はきっぱりといった。目の横の皺さえ、彼女の決意を物語っているみたいだった。我々の話がそこまで進んだとき、玄関のチャイムが鳴った。正樹か創介氏のどちらかが帰ってきたらしい。夫人が立っていった。

「僕もちょっと……」

隆夫もひょろ長い身体を立てて、夫人の後を追うようにして出ていった。おおかたトイレだろう。この何分間かの彼の緊張ぶりは尋常ではなかったのだ。俺はうんざりした顔を作り、雅美のほうを見て唇の端をちょっと曲げた。

雅美は俺の膝の上に手を置いた。温かい掌だった。

「拓也って、冷静なのね」と彼女がいった。

「怖くはないの？」

「俺だって怖いんだぜ」と俺は答えた。「ただ、怖いのと自分を見失うのとは違う。俺はいつでも冷静なんだ」

そのとき玄関から人の声が聞こえた。

〈夜〉


「これは……殺人だということです」

顔にハンカチをかぶせてから拓也はいった。しばらくは誰も声を出せなかった。

拓也は相変わらず冷静だな――あたしも声を出せなかったが、彼の落ち着いた行動には感心していた。誰だって死んだ女の顔なんて見ていたくはないものだ。

「さて」と拓也はいった。「どうされますか？　当然警察に連絡すべきなのですが」

「それはだめだ」

即座に答えたのは創介氏だった。声が上ずっている。「殺人犯なんてことになったら、一生が台無しになる。それだけじゃない。家族の者だって、どれだけ肩身の狭い思いをするか……なんとか表沙汰になるのだけは避けたい」

「だからといって」

ふいに声を上げたのは長男の正樹だった。

「だからといって、どうしようもないじゃないか。こうして人がひとり死んじゃったんだから」

ただでさえ金属的な彼の声が、緊張のせいかいつも以上にギンギン響いた。この正樹は創介氏の病死した前夫人の子供なのだが、岸田家にしてはあまり出来の良くない息子で、親の力でどうにか私立の大学に通わせてもらっている。頭が悪い分だけ外見を気にするらしく、いつも男性雑誌のグラビアばりのファッションで決めている。あたしが最も嫌いなタイプだ。

「大きな声を出すな、外に聞こえたらどうするんだ」

創介氏はそういうと、窓のカーテンをさっと閉めた。「このことを世間に公表するわけにはいかん。もちろん警察にも知らせない」

決意のこもった口調だった。

「ではどうされるおつもりですか？」と拓也が訊いた。

「そのことで頼みがある」

創介氏はあたしたちに近づいてきた。「このことは見なかったことにしてほしい。決して迷惑はかけないから」

あたしは拓也の反応を待った。彼は、考えこんだようにしばらく黙ってから、

「完璧に隠蔽《いんぺい》するというのは大変ですよ」といった。

「わかっている。覚悟のうえだ」

創介氏の声は、少し怒っているみたいに聞こえた。紳士でもヒステリックになることはある。

何かの小説で、これと似たシーンがあったことを思い出した。あの小説では、まず死体に細工を施していたはずだ。

「とにかく死体を何とかしないといけませんね」

この台詞《せりふ》は、事件隠蔽に協力する意思のあることを示していた。創介氏は少し間を置いたのち、「ありがとう」と低い声でいった。ひとまず安堵したようだ。

そういえばあたしが読んだ小説も、女性の家庭教師が一家に協力して犯罪を隠すというものだった。

「死体を処分するなんて大変だよ」

正樹が例の金属的な声でいった。こういうふうに、人の意見にケチをつける役どころの人間は必ずいる。かといって自分の意見があるわけでもない。

「大変でも何でもやらねばならんのだ。おまえは黙っていなさい」

自分の息子の性格をよく把握しているらしく、創介氏がぴしゃりといった。

「死体を何とか処分しなければいけません」

拓也も重ねていった。「ただ、それは真夜中のほうがいいでしょう。運び出すところを人に見られたらアウトですからね。ところで、死体を入れられる程度の箱か何かありませんか？」

「箱かあ……」と創介氏は唸った。

「物置にダンボールがあったんじゃないかな」

正樹がいった。「小型の冷蔵庫を買ったときのやつだよ。たしか木枠で補強してあったと思うけれど」

「取りにいこう」

創介氏は正樹を連れて部屋を出ていった。ドアがばたんと閉まると同時に、呻き声を漏らした者がいた。次男坊の隆夫だ。鳥ガラみたいに痩せた高校生だ。

「だめだよ、こんなこと。やっぱり……まずいよ。警察に届けたほうがいいよ」

「何いってるの。そんなことをしたら皆が不幸になるだけだって、お父さんもいってたじゃないの」

「でもまずいよ……やめようよ」

まるで駄々っ子だ。あたしもこの坊やに英語を教えているときなんか、ひっぱたいてやりたくなることがある。逆に雅美センセイとかいって甘えてくるときには虫酸《むしず》が走る。

「隆夫君は部屋で休んでいたほうがいいんじゃないですか？」

「そうですわね。ちょっと部屋に連れていってきていいでしょうか？」

部屋に行くぐらい自分ひとりで行かせればいいのに、と思ったが口には出さない。夫人はどうやら、一秒でもこの部屋から遠ざかっていたいらしい。

どうぞ、と拓也がいうと夫人は隆夫の肩を抱くようにして出ていった。

「客観的に見た場合」と拓也があたしの顔を見ていった。「俺達ほど運の悪い家庭教師もいないだろうな。こんなことに巻きこまれてさ」

あたしは笑い顔を作ろうとしたが、頬のあたりが引きつったみたいになっただけだった。とても笑う元気なんてない。

「死体を隠すのって、どういう罪になるんだろうな？」

「死体遺棄とか……そういうのじゃないの」

「なるほど死体遺棄か」

拓也は煙草に火をつけて一息吸ったが、その指先が小刻みに震えているのがわかった。やっぱり彼だって緊張しているんだ。

「ダンボールの箱なんてどうやって運ぶつもり？」

あたしは訊いてみたが、その声は格好が悪いくらい上ずっていた。

「この家のセカンド・カーはワンボックス・ワゴンだったはずだ。それで運ぶことになるだろうな」

ふうん、とあたしは答えた。喉がカラカラに渇いていた。

やがて夫人が戻ってきて、それからしばらくして創介氏と正樹がダンボールを抱えて帰ってきた。

「ちょうどいい大きさじゃないかな」

創介氏の言葉に、「いいですね」と拓也は答えた。「では死体をこの中に入れましょう。正樹さん、手伝っていただけますか？」

「俺が？……しかたないな」

正樹は渋々といった調子で手伝った。

「やけに冷たいな」

無事に箱の中に収めたあと、気味悪そうな声で正樹はいった。

「死んでますからね」と拓也。「体温はどんどん下がるはずです」

「それになんだか……顔が平らになったみたいだ」

「筋肉が弛緩《しかん》しているんですよ」

「死ぬと硬直するって聞いたけど」

正樹にしてはよく知っている。推理小説ぐらいは読むのかもしれない。

「死後硬直は早くても一、二時間経ってからだと思います。これからですね」

「そうか、君は医学部を出ているんだったな」

創介氏が頼もしそうに拓也にいった。自分の息子があまりにも頼りないからだろう。

「中退ですよ――それはともかく、今後のことを考えましょう。まず死体の処分ですが、今は十一時ですから、あと三時間ほど待ったほうがいいでしょう。その間にも、やるべきことはたくさんありますし」

「そうね、この部屋のお掃除だとか……」

時枝夫人が女性らしい意見を口にした。たしかにこの部屋は不自然に散らかっているし、赤黒い血が床を汚している。改めて気がついたことだけれども、血液特有の臭いが部屋を満たしていた。

「掃除もそうですが、ほかにもっと重要なことがあります」

拓也の声は大分落ち着いていた。「彼女が今日ここへ来たことを知っている人間はいませんか？」

「それはわからないな」

創介氏が答えた。「彼女がここへ来る前に誰かにしゃべっていたかもしれない。我々には見当もつかんよ」

「彼女がここへ来る予定だったことを知っている人間はいるかもしれません。しかし、実際に来たことを知っている人間はいますか？　それがいないのであれば、彼女は今日ここへは来なかったと主張できます。つまり彼女は、自宅からこの家に向かう途中で行方不明になったことにするのです」

なるほどね——あたしは感心して呟いた。拓也は昔から嘘がうまい。あたしだって何度か騙《だま》されている。

「私の覚えている範囲では、この家に来たことは誰も知らないはずですわ」

時枝夫人が慎重な口ぶりでいった。「今夜は他にお客様は来られなかったですから」

「たしかですね？」

念を押すように拓也がいう。「ええ」と夫人は細い声で答えた。

「それなら、彼女は今日ここへは来なかったことにしましょう。いいですか？　彼女は、この家には現われなかったのです」

拓也は完全にこの場のイニシアティブを握っていた。

〈今〉

玄関から声が聞こえてきた。正樹か創介氏のどちらかが帰ってきたものと思ったが、それにしてはようすがおかしい。俺は立ち上がって応接間のドアに耳を寄せた。

「……ええ。ですから、取材をさせてほしいという依頼が、主人のところにあったそうなのです」

夫人の声が聞こえてくる。どきん、と心臓がひと跳ねした。どうやら相手は安藤由紀子の兄上らしい。電話をかけてくるという話だったが。

「取材ですか。それで由紀子はこちらにお邪魔したんでしょうか？」

「さあ……最近は主人のお客さまが多いものですから、よく覚えていないんです。いつ頃のお話でしょうか？」

「それほど前じゃあないですよ。たぶん一週間ぐらい前で」

「それでしたら主人に詳しく訊きませんと」

夫人はいったが、あまりいい受け答えじゃない。今ここで創介氏が帰ってきたりしたら、打ち合わせをしていないだけに厳しいことになる。

「ご主人はお帰りですか？　帰っておられるなら、是非お会いしたいのですが」

安藤がいった。スローモーで、からみつくような口調だ。この手の男はあまり与《くみ》し易い相手ではない。俺は、ちっと舌を鳴らした。そのようすを見たらしく、雅美も心配そうに寄ってきた。

「いえ今日はまだ……今夜は遅くなるとかいってましたけど」

「そうですか、それは残念だなあ。では、ほかのご家族の方は？」

「息子もまだアルバイト先から戻ってないんですよ」

「へえ、遅いんですねえ」

安藤がそういったとき、どこかでドアの開く音がした。まずいな、と思わず唇を歪める。隆夫がトイレから出てきたのだ。あのお坊っちゃんには状況判断力というものが備わっていないらしい。

「おや、息子さんがおられるじゃないですか」

嬉しそうな声が聞こえてきた。時枝夫人の表情が目に浮かぶようだ。隆夫の馬鹿は、どうせ泣きだしそうな顔で突っ立ってやがるんだろう。

「この子は次男で、出ているのは長男のほうですの。この子には先程訊きましたけど、安藤由紀子という人は知らないそうです」

「そうですか。でも一応写真だけでも見てくださいよ。こういう顔をしているんですけどねえ……」

安藤がそこまでいったとき、バタバタと階段をかけ上がる音がした。「隆夫さん」と夫人の声。あの馬鹿、逃げだしやがった。

「すみません。人見知りするものですから」

高校生だぜ。冗談じゃないよ、まったく。

「いやいや、私は人相が悪いらしくてね、どうも警戒されるんですよ」

夫人は沈黙。苦しい愛想笑いを浮かべているのだろう。

ところで俺は、創介氏が帰ってきやしないかビクビクしている。今帰ってこられたら拙《まず》い。

「じゃあ、また出直すことにしますよ」

ようやく安藤が腰を上げたらしい。

「そうしていただけますか、申し訳ございません」

「どうもおじゃましました」

ドアが閉まる音、鍵をかける音がして、廊下を歩く音が近づいてきた。夫人は応接間のドアを開けたが、すぐそこに俺と雅美が立っていたので小さな悲鳴を漏らした。

「安藤氏は何とか帰ったようですね」

すると夫人は深い息を吐き、崩れるようにソファに倒れこんだ。

安藤が去ってから五分後に正樹が帰ってきて、そのさらに十分後に創介氏が玄関のチャイムを鳴らした。きわどいところだった。

　隆夫を除く全員が応接間に集合して、対策を練ることになった。どうやら楽観できそうにない、というのが一致した意見だった。ということは、今までは多少楽観していたことになる。

　あの事件から三日後、俺は岸田夫妻に報告していた。安藤由紀子の周辺を調べた結果、彼女と岸田家を結びつけるものは何もないようだ――と。その報告に基づいて方針が決められた。安藤由紀子なんて、全く知らないことにする。

　ところがどうやらその方針を変えざるをえないようだ。

「つまり、あんたの調査が不十分だったってことじゃないか」

　ぶん殴ってやりたくなるような台詞《せりふ》を吐いたのは正樹だ。だが俺は殊勝に黙って頷く。

「彼女の部屋の中までは調べられないだろうから落ち度とはいえない。住所録に載っている程度のことは、考えてみれば当然かもしれないな」

　ネクタイを緩めながら創介氏がいった。

「それよりも気になるのは、それ以外に彼女とこの家を結びつけるものがないかどうかだ。もしそういうものがあるなら、我々はかなり苦境に立たされることになる」

「その点は大丈夫だと思います」

俺は自信をこめていった。「彼女の交際範囲からこの家が浮かんでくることはまずありませんし、彼女の持ち物の中にそういうものがあるなら、安藤氏が今日そのことをいったはずです」

「それならいいんだがね」

創介氏は煙草に火をつけ、深く吸いこんだ。続いて乳白色の煙が天井に向かって吐き出される。雅美が小さな咳をひとつした。

「彼女から取材の申し込みがあったという設定はいいと思うよ」と創介氏はいった。「最近はそういう件で人と会うことが多いからね。で、実際に会ったことにするのかね？」

「できれば曖昧にぼかして相手の出方を見たいところですね。とにかく敵の手の内を知ることです。それに応じてこちらも流動的に対処しなくては」

「わかった、何とかやってみる。正樹、もしおまえのところに安藤氏が現われても、何も知らないで押し通すんだ。わかったな」

「わかってるよ」と正樹はぶっきらぼうに答えた。

それから創介氏は、俺と雅美の顔を交互に見ると、ソファに座りなおした。

「改めてお願いしておくが、私たちを裏切らないように頼むよ。君たちの助けがなければば、どうしようもない。それに——こんなことはいいたくないのだが、君たちだって共犯といえるんだからね」

「わかっていますよ」

俺が答え、雅美は俺の隣りでぺこりと頭を下げた。


その翌日の夜、俺が岸田家の門まで来たとき、ふいに肩を叩かれた。振り返って見ると、灰色の顔をした男が立っていた。小柄で痩せ気味、年齢は三十過ぎといったところ。頬がこけていて、ギョロ目だ。何となく猿の頭蓋骨を連想させる。気味の悪いやつだなと思った瞬間、安藤和夫に違いないと直感した。

「こちらの息子さんを教えていらっしゃる人でしょ？」

口を歪めてしゃべっているが、本人は笑っているつもりらしい。

「そうですけど……あなたは誰ですか？」

「私は安藤って者ですよ。あなた、毎晩この家に来られるらしいですね」

「はあ……」

すると安藤は、ふふっと声を漏らした。

「この近所の方から聞いたんですよ。岸田さんの家には、毎晩家庭教師の人が来るってね。それも、一人じゃないみたいだってことですね」

俺は嫌な予感がした。つまりこの男は、岸田家に出入りしている者を調べあげていることになる。なぜそれほど固執するのか？

「僕のほかにもう一人女性がいますけど」

俺がいうと、安藤はまた気味悪く笑った。

「そうそう、そんな話だった。でもあなたでいいんだ。ちょっとお尋ねしたいことがあるんですよ」

「時間がないんですけどね」

「なあに、手間はとらせませんよ」

安藤はよれよれの背広のポケットに手をつっこんだ。いかにも安物といった感じの背広だ。ズボンと生地が違う。半端もの一掃セールで買い求めたに違いない。

彼が出してきたのは一枚の写真だった。安藤由紀子のすました顔が写っている。

「私の妹なんですけどね、行方不明になっちゃったんですよ。ご存じないですかねえ？」

「どうして僕があなたの妹さんの行方を知っているはずがあるんです？　あなたは一体何者なんですか？」

だが安藤は薄笑いを浮かべるだけで、俺の質問には答えなかった。その代わりにこんなことをいいだした。

「私の調べたところではね、先週妹はこちらに伺ってるはずなんですよ。だから、あなたもお見かけになったんじゃないかと思ったんです」

「先週ここに来た？　誰がそんなことをいったんですか？」

「誰でもいいじゃないですか。それとも、誰かがそんなことをいってちゃおかしいんですか？」

下から覗きこんでくる。嫌な目つきだ。

「いや別に。とにかく僕はその女性には見覚えがありませんので」

失礼、といって俺は門をくぐった。玄関のところで一度振り向いたが、もう男の姿はなかった。

幸い玄関の鍵がはずれていたので、そのまま家の中に入った。ちょうど雅美が二階から下りてくるところだった。

「まだ表に出ないほうがいい」と俺はいった。「安藤が外にいる。俺も呼びとめられた」

俺の声を聞いたらしく、時枝夫人が心配そうな顔で奥から出てきた。「何か訊かれたんですの？」

「由紀子さんの写真を見せられました。知らないか、とね」

そして俺は彼とのやりとりを話した。夫人の顔はさらに白くなった。

「なぜ、この家にこだわっているんでしょう？」

「わかりません。もしかしたら何か摑んでいるのかもしれません」

俺がそういったとき、背後でドアの開く音がした。創介氏が帰ってきたのだ。

「どうしたんだ、こんなところに集まって？」

怪訝《けげん》そうな顔をして彼は靴を脱いだ。それで俺は事情を説明しようとしたが、そのときチャイムが鳴った。夫人が壁に据え付けてあるインターホンのボタンを押した。「どちらさまですか？」

すると小さなスピーカーは答えた。「たびたびすみません。安藤ですが」

夫人は脅えたように俺たちのほうを見た。安藤は創介氏が帰るのを待ち受けていたのだ。

「しかたがない。入ってもらいなさい」

意を決したように創介氏はいった。「避けてばかりだと怪しまれる一方だろう。安藤由紀子という女性とは何の関係もないことを、私の口から説明しよう」

夫人は頷き、入ってくるように安藤にいった。

「安藤由紀子がこの家に来ることになっていたことを彼は知っています」

俺は早口で創介氏にいった。「そのへんを考慮してしゃべってください」

「わかった」

彼が頷くのを見届けてから、俺と雅美は二階に上がった。間もなく玄関のドアが開いて、安藤和夫が入ってきた。夫人が彼を応接間に案内し、しばらくして着替えを終えた創介氏が入っていった。俺と雅美は足音を殺して階段を下りると、昨日と同じようにドアに耳をくっつけた。

「妹は五年前に家を飛びだしましてね、めったに実家へは帰ってこなかったんです。それで今度ようすを見に来たんですが、何日経っても戻ってこないんですよ。旅行かなと思ったんですけど、部屋の中を見るとそうでもなさそうだし、それで心配になってあちこち当たらせてもらってるんです」

「それはたしかに心配なことですね」

創介氏は、いかにも口が重そうだ。

「今までわかったことをまとめますとね、このようになるんです」

少し間があく。安藤がメモ・ノートでも引っ張りだしているのかもしれない。

「まず先週の月曜日の夜、妹の隣りに住んでるＯＬが、妹がどこからか帰ってくるのを見ています。ただしほとんど知らない仲なので、何もしゃべらなかったということです。

隣り同士というのに、都会というところは味気ないものですねえ」

「最近は皆そうです」

創介氏が相槌《あいづち》をうった。少々じれったそうだ。

安藤は続ける。「とにかく今のところでは、最後に妹を見たのはそのＯＬのようなんですな。それから妹の部屋の新聞受けですが、入りきれないほどあふれて玄関脇に積んでありましたよ。日付を見ると、先週の水曜日の朝刊から溜まっているようです。ということは、水曜日の朝にはすでに妹は部屋にはいなかったということになります。——そうなるでしょう？」

「なりますね」

「月曜日の夜に部屋に帰ってきて、水曜の朝にはいなかった——つまり妹は火曜日にどこかに出かけたっきり戻ってこないようなんです。まあ今までにもね、こういうことはなかったわけじゃないですよ。でも今度はちょっと長すぎるように思えましてね」

少し沈黙。創介氏が煙草でも吸っていて、安藤がそれを眺めているのかもしれない。

「妹から取材の申し込みがあったとかいう話でしたね」と安藤が訊いた。

「ええ、ありました」

「お会いになったんですか？」

「いや、それがね」といって創介氏は咳ばらいをした。不自然な演技だ。「会うことにはなっていたんですが、まだ日にちとかは決まっていなかったんですよ」

「へえ、それはおかしいなあ」

安藤は粘っこい声をあげた。「妹の机の上にメモがありましてね、それによると先週の火曜日にこちらに伺うことになっていたらしいんですよ。それ、取材の件じゃないんでしょうか？」

メモ？――そんなはずはない、と俺は声を出しそうになった。雅美と目を合わせる。彼女も信じられないといった顔だ。

「……そんなものがあったんですか？」

創介氏も狼狽している。それが安藤の目にどのように映っているかは不明だが。

「あったんですよ。それで再三お邪魔しているというわけでしてね」

「そうだったんですか……じゃあ、もしかしたら……あれかもしれないな」

「あれ、とは？」

「取材の日を決めるのにね、都合のいい日を訊かれたんですよ。そのときに火曜日ならいいという意味のことをいった覚えがあります。それで妹さんは、先週の火曜日に来る予定にしていたのかもしれない」

「すると、約束をしていたわけじゃないんですか？」

創介氏の苦しいいい逃れに対し、安藤は疑っている口調だ。

「ええ、もちろん」と創介氏はきっぱりといいきった。

ほんの少し会話が途切れた。独り言みたいにぶつぶついっているのが聞こえてくるが、たぶん安藤が何か呟いているのだろう。創介氏は黙っている。

「じゃあ最後に一つだけお伺いしますがね、先週の火曜日、この家にはどなたがおられました？」

安藤が訊いている。妙な質問だ。

「誰がいたかって、どうしてそんなことを訊くんですか？」

「いや、大した意味はないんですよ。ええと、奥様とご主人と……」

「息子と家庭教師の方です」

「はあ、なるほど。息子さんは二人で、勉強の先生もお二人ですね。男の方と女の方」

「そうです」

「そうですか、いやどうもすみません」

ソファの動く音がした。安藤が立ち上がったらしい。俺と雅美はあわててドアから離れると、素早く二階にかけ上がった。

「あれでよかったと思います」

安藤が去ったあと、俺は創介氏にいった。

「安藤由紀子がこの家に来た、ということは証明できないはずです。だから来なかったと主張するのが賢明でしょう」

「あの場合、ああいうしかなかったからね」と創介氏。うんざりした顔をしている。

「それにしてもメモがあったという話には驚いた。いったいどういうことなんだろう？」

「安藤氏がカマをかけてきたんじゃないかしら？」

雅美が、俺と創介氏の顔を見較べていった。

「それは考えられるね」と俺は答えた。「仮にそうだったとしても事情は大して変わらないかもしれない。カマをかけるだけの根拠が安藤氏にあるということだからね」

「いずれにしても敵はこの家に目をつけているということか」

創介氏が下唇を噛んだ。そして彼がそんな顔を見せることで、時枝夫人もまた絶望したように目を伏せた。

「悲観するのは早いです」と俺はいった。「まだ何も明るみには出ていないのですから」

「そうですわ」

雅美も俺の横で頷いた。「まだ何も起こっていないんです。女性が一人行方不明になっただけで……そうして、死体が見つからないかぎり、この状況に変わりはありませんわ」

「そう、死体が見つからないかぎり」

俺も彼女に負けないくらい力強くいった。

〈夜〉

推理小説を少し読めばわかることだけれども、死体の処理というのはとても難しい。大別するとだいたい四つの方法に分けられる。土の中に埋める、水の底に沈める、焼却する、薬品で溶解する——まあこんなところだ。凍らせてからカキ氷みたいに削って捨てるだとか、犯人が食べちゃうとかいう物凄いのもあるけれど、現実には難しいと思う。

拓也は土の中に埋める方法を推薦した。

「埋めるのが一番手っ取り早く安全だと思います。水中に沈めても、流れの影響で浮かびあがってくる恐れがありますし、焼いても骨は残るでしょうから」

「しかしどこに埋めればいいのかな？　あまり近いところは避けたいのだが」

創介氏の口ぶりは、すっかり拓也に任せたという感じだ。

「万が一発見された場合でも、この家の人が疑われないようにしなければいけませんからね。当然近辺は避けます。埼玉県のほうまで行って、どこか人気のない山奥を探しましょう。それからダンボールを運ぶ手段ですが、この家にあるワンボックス・ワゴンを使いたいと思います」

「それがいいだろうな」

「シャベルはありますか？　穴を掘るのに必要なんですが」

「物置にあったはずだよ」

「いいでしょう。では、午前二時になったら箱を車に積みましょう」

あたしは腕時計を見た。針は午前一時を少し回ったところだった。

〈今〉

このところ暖かい日が続いていたが、ついに昨日雨が降りだした。バケツをひっくり返したような雨だ。そして今朝目覚めてみても、どしゃぶりの状態に変わりはなかった。冬にこんなに雨が降るなんて珍しい。

雅美はベランダに面したガラス戸の前に立ち、じっと外を眺めていた。ガラス戸はベールをかけたみたいに曇っていたが、彼女の顔の前には指でこすった跡が丸く残っている。

「何を見ているんだい?」

男物のシャツを羽織っただけの雅美の背中に声をかけてみた。俺はベッドにもぐりこんだままだ。石油ストーブがついているが、まだ室内の温度は上がりきっていない。

「寂《さび》れた街並みよ」と雅美はいった。彼女の息で、顔の前のガラスがまた曇った。

俺は苦笑いした。「さほど寂れているとは思わないけどね。このあたりで一戸建てを買った場合の相場を知ってるかい?」

「そういう問題じゃないのよ」と彼女はまたガラス戸を指でこすった。「雨に濡れるとね、いろいろなものが剝げ落ちてしまうのよ。本当はみんな豊かじゃないんだなあと思う」

俺は上半身を起こして、枕元の煙草のパッケージとライターを取った。いつの間にかラジオのスイッチが入っていて、クラシックを流している。

雅美がくるりとこちらを向いた。「ねえ、外国で暮らそうよ。貧乏くさい国で、みじめに毎日を送るなんてまっぴら」

「新聞を取ってきてくれないか」

彼女は格好のいい脚を見せつけながらベッドの前を横切って玄関に行った。そして新間を手に戻ってくると、ぽんと俺の前に置いた。

「お金、欲しいな」

ぽつりと雅美がいった。俺はちらりと彼女を見ただけで、すぐに新聞に視線を移した。新聞の第一面は税金問題についてだった。それから軍縮、地価——何年も前からの宿題を、そのまま持ち越しているだけの話だ。

社会面を見る。昨日からの雨で、どこかで土砂崩れがあったらしい。気の毒なことだ。スポーツ欄に移ろうとしたとき、小さな記事が俺の目に入った。見出しは、『ぬかるみの中から死体　埼玉』だった。俺は新聞を顔の前に引きよせた。

昨日の夕方埼玉県の××町をサイクリングしていた会社員が、急に強くなった雨でタイヤを滑らせ林の中に転落した。怪我はなかったが、自転車はかなり下のほうに落ちていた。そこで会社員が自転車を引き上げようとしたところ、フレームのあたりに何かがからまっている。何だろうと思ってみると、人の髪の毛らしく、それは地面から生えていた。会社員は自転車をほうり出し、そこから一キロ離れたところにある民家まで走っていって、事態を知らせた。警察に連絡したのは、その民家の主人である。地元の警察がかけつけて掘りおこしたところ、女性の死体が出てきた。推定年齢は十代後半から三十ぐらいの間で髪は長い。顔と両手の指がつぶされており、胸を鋭い刃物で刺された形跡がある——。

新聞記事からはこのような情況が推察された。

「どうしたの？」

俺がくいいるように新聞を読んでいたからだろう、雅美が心配そうな顔をした。俺は新聞を彼女の前に出し、問題の記事を指で差した。

途端に彼女の顔色が変わった。

「ここって……あの場所じゃないの？」

「そのとおりだ」と俺はいった。無様にも声が震えた。「俺たちが死体を埋めた場所だ。よりによってこんなに早く見つかるなんて……」

「どうするの？」

「岸田家に電話してくれ。警察が来ていないかどうかを訊くんだ。もし来てないようだったら、これから行くと伝えてくれ」

彼女が受話器を取るのを横目で見ながら、俺は着替えのためにベッドから飛び起きた。

安藤和夫は、ここ一週間ほど姿を見せなかった。妹が行方不明になったことで岸田家に疑惑の目を向けていたようだが、徹底的に追及するほどの手材料がなかったということかもしれない。それで、どうやら安心してよさそうだというような会話を夫婦と交わしたりもしていたのだが。

安藤由紀子の死体が見つかる――これは俺たちが最も恐れたことだった。


〈夜〉


息詰まるような時間が過ぎ、いよいよ決行するときが来た。拓也と正樹と創介氏の三人がかりで、ダンボール箱を車に積んだ。途中、ドウダンツツジの垣根とダンボール箱とがこすれ合って、ガサガサと耳障りな音をたてた。

「やはり私も一緒に行ったほうがいいんじゃないかな。穴を掘るのだって、人手が多いほうがいいだろう」

靴をダンボール箱の中にほうりこんでから、創介氏がいった。つい先程の打ち合わせで、岸田夫妻と隆夫は家に残っていることに決まったのだ。もし夜中にどこかから電話がきた場合、夫妻が留守というのは不自然だというのが拓也の言い分だった。隆夫は、この状況下では足手まといになるに決まっている。「いえ、こういうことは小人数でやらないと目立ってしまいます。大丈夫です。我々だけで何とかやってみます」

「まかせなよ」

正樹がいばったような口のきき方をした。死体処理という困難な作業に参加することで、両親に見直してもらおうという読みでもあるのだろう。

「じゃあこれを持っていきなさい。眠気ざましだ」

「ふうん、チューインガムか。サンキュー」

「気をつけてね」

夫人が心配そうに声をかけてきた。「行ってきます」――そういって拓也は車のエンジンをかけた。

車が走りだしてからしばらくは、誰も口をきかなかった。自分たちの置かれている状況を反芻《はんすう》しているみたいだった。

「雅美さんは、これ以上俺たちに付き合う必要ないんじゃないかな」

助手席に座っている正樹が、後ろを振り返っていった。

「いや、雅美にもやってもらいたいことがあるんですよ。もう少し付き合ってもらいます」

ハンドルをきりながら拓也がいった。「いいだろ?」

「かまわないわよ」とあたしは答えた。どうせ乗りかかった船だ。

「ところでどこへ行くつもりだい？　死体を捨てるのにふさわしいところなんて、当てがあるのかい？」

「前にドライブしたときに、たまたま迷いこんだ道がありましてね。まわりが林なんですよ。そのあたりなら、まず誰も来ませんね。まさかこんなことに役立つとは思わなかったけれど」

「まったく」と正樹は肩をすくめてため息をついた。「あんたは落ち着いているよ。この状況で、よくそんな平気な顔をしていられるな」

「顔だけですよ。内心はビクビクです」

信号待ちで停まったので、拓也は煙草をくわえ、ライターで火をつけた。彼の口元で、赤い点がぽっと明るくなる。

「死体を埋めたとして、このダンボール箱はどうするの？」とあたしは拓也に訊いた。

「血がついちゃったみたいだけど」

「今夜のところは、とりあえず持ち帰るしかないだろうな。捨てる場所がない」

「じゃあ明日にでも燃やすとするか。たき火のふりでもしてさ」と正樹。

「それは目立つからやめたほうがいいですね。細かく刻んで、ゴミの日に出してください」

「了解、了解。何でもいうとおりにするよ」

いいながら彼はガムを一枚口にほうりこんだ。

そうよあんたは黙ってればいいの――あたしは心の中で毒づいた。

車は夜の道をひた走る。

〈今〉

安藤由紀子の死体が見つかってから四日後、俺の部屋に刑事が来た。俺が岸田家に向かおうと思って、靴を履きかけていたときにチャイムが鳴ったのだ。

じつは昨日時枝夫人から電話をもらっていた。警察の人間が来たという話だった。死体の身元は覚悟した以上に早く判明したらしい。ただ刑事たちは、さほどしつこくは訊いてこなかったようだ。安藤由紀子の写真を見せて、この女性を知らないかと訊かれたということらしい。その写真というのは、安藤和夫が持っていたものだということだ。

もちろん、知らないと夫人は答えている。

刑事は二人いて、高野《たかの》と小田《おだ》と名乗った。高野は長身のなかなか渋い刑事だ。小田はどことなく銀行員を思わせる風貌だが、金縁眼鏡の下の目線は鋭い。少し訊きたいことがあるのだがというから、十分ぐらいならいいと答えた。

「岸田さんというお宅をご存じですよね？」

高野のほうが訊いてきた。俺はきょとんとした顔を作って答える。「知っていますよ。

僕が息子さんを教えている家です」

「らしいですね。教えるのは毎日だとか？」

「土曜と日曜を除く毎日です。じつは今日もこれから行くところなんですよ」

「お引き止めして申し訳ないですね」

「いいですよ。それより、岸田さんのところが何か？」

するとと刑事はグレーのトレンチ・コートのポケットから一枚の写真を出してきて、俺の前に差し出した。「この方に見覚えはないですか？」

来たな、と俺は思った。夫人がいってたとおりじゃないか。

なるほど、その写真は安藤和夫が持っていたもののようだった。由紀子の笑顔が写っている。

「その写真なら見たことがあります」と俺は答えた。「何週間か前に男の人から見せられたんです。でも、写真の女性には見覚えないですよ」

「その男の人というのは？」

「その写真の女性の兄だといってましたよ。しょぼくれた感じの男性で、あ……あん……」

「安藤？」と刑事は訊いた。

俺は強く二度ほど頷いて見せた。「そうです。そういう名前の人でした」

高野刑事は、小田刑事のほうを見た。小田は鬱陶しい顔つきで、手帳に何か記入している。彼らのこうした動きには、こちらの気持ちをかき乱す効果がある。

「あの、何かあったんですか？」

出来るだけさりげなく訊いてみたつもりだが、うまくいっただろうか？

高野刑事はやや充血した目をこちらに向けた。

「殺されたんですよ、この女性」

「……」

俺は口を半開きにしたまま刑事の目を見返していた。この時間は長すぎても、短くても不自然になる。頃合いを見計らって声を出した。「そうだったんですか」

「四日前に埼玉の林の中で死体が見つかった事件のこと、ご存じですか？」

俺が頷くと彼は続けた。「あの死体、この写真の女性だったんですよ。お兄さん、つまり安藤さんが自分の妹ではないかと名乗り出られましてね、歯などを確認して、間違いないということになったんです」

「へえ……」

自分には関係ないという顔で、戸惑ったところを見せる。

それにしてもあの安藤という男、新聞記事を見てすぐに飛びついたということは、あれからずっと妹の消息を気にしていたということか。それほど妹思いの兄貴には見えなかったのだが。

「あの、ほかに用がなければ、僕はそろそろ出かけたいんですが」

「あっ、どうも失礼しました」

高野刑事はあわててドアのそばから離れた。俺は玄関を出ると、ドアに鍵をかけた。

二人の刑事はそのようすをじっと横で見ている。少し気味が悪くなった。

「まだ何か？」と俺は少し不快そうに眉を寄せた。

「いえ、もう結構です。岸田家に行く前に、どこかにお寄りになりますか？」

妙なことを訊いてくる。「いいえ」と首をふった。

「じゃ我々がお送りしましょう。我々もこれから岸田家に行くんですよ。車がありますからどうぞ」

「えっ、でも……」

俺は二人の顔を交互に見た。高野のほうは不気味な愛想笑いを浮かべている。小田は相変わらず表情の乏しい顔で、突っ立ったままだ。

「さあ、どうぞ」

高野が促すように掌を俺の先に向けた。断わる口実が咄嗟に思い浮かばなかった。

数分後、俺は小田が運転するマークⅡの後部座席に高野と並んで座っていた。

「安藤由紀子さんについていろいろ調べてみたんですがね、不思議な点が多いんですよ」

車が走りだして間もなく、高野が口を開いた。「短大を卒業してからずっとカルチャースクールの事務をしていたんですが、半年ほど前に突然退職しています。で、その後はホステスなどのアルバイトをしていたようですね。ところがそのアルバイトも、一カ月ほど前に辞めていましてね、失踪当時は無職だったようです」

俺は黙っている。高野が何のためにこんなことを話すのかがわかるまでは、下手にしゃべらないほうがいい。

「不思議だというのはね、この失踪前の一週間のことなんですよ」

高野刑事は口元にうっすらと笑みを滲ませている。その笑みの意味もわからない。小田のほうは黙々とハンドルを操作しているが、耳はこちらに向いているはずだ。

「彼女はこの一週間、ほとんど誰とも会っていないんですよ。もちろん彼女の姿を見た人はいますよ。しかし言葉を交わしていない。だから、彼女が何をしていたのかを知る人が、全くいないんです」

「でも……そういうことって多いんじゃないんですか」

　俺はとくに差し障りのない受け答えをした。

「そう、最近はね。ただね、彼女の隣りに住むOLが証言していることなんですが、安藤由紀子さんはほとんど毎晩どこかに出かけていたらしいんです。そのOLの帰宅と入れ違いに出て、二時間ほどで帰ってくる。ドアの開け閉めの音でわかるらしいです。どうです？　ちょっと面白いでしょう。彼女はいったいどこに行っていたんでしょうね？」

「さあ」と俺は首をふる。興味がないことを示したつもりだ。

　だが刑事は話を続ける。

「もうひとつ不思議なことがあるんです。彼女の預金通帳を見てわかったことですが、彼女は一年前までは七百万以上の金を持っていました。ところがそれがどんどん引き出されて、現在では数万円しか残っていない」

　俺は車の窓から外の景色を眺めた。岸田家にはまだまだ遠い。こんなに遠かったかなと苛立つ。車のスピードも遅い。

「金というのは使えば減りますよね」

　高野はいった。「しかし安藤由紀子さんの身の周りを調べてみても、そんな大金を使った形跡が全然ないんですよ。その金、どこへ消えてしまったんでしょう？」

俺は外の景色から高野の顔に視線を移した。そしてゆっくりと瞬きを一回し、出来るだけ落ち着いた口調で訊いた。

「なぜ僕にそんな話をするんですか？」

すると彼は意外な言葉でも聞いたように目を丸く見開いて、

「世間話のつもりですよ」といった。「不愉快になるとおっしゃるなら止めますが」

不愉快になるといわせたいのだろうか？

俺は一歩だけ相手のエリアに踏みこむことにした。

「事件と岸田さんと、どういう関係があるんですか？」

「それはまだわかりません」と高野は答えた。

「安藤和夫さんにね、妹さんが付き合ってた人間に心当たりはないかどうかお訊きしたところ、最初のうち、心当たりはないということだったんですよ。しかしそのときのようすが少々おかしかったので、彼の行動を監視してますとね、昨日早くにどこかに出かけるんですな。尾行《つ》けてみると、岸田創介氏の建築事務所です。その場で呼びとめて尋問したところ、非常にあわてたようすでした」

ここで高野は俺の顔をじっと見た。反応を窺っているのだろう。俺は無表情を努める。

「安藤由紀子さん、岸田創介氏と会う約束をしていたようですね」

「そうなんですか」

「ええ。で、安藤さんの説によると、その約束の日以来、由紀子さんは行方不明になったらしいんですよ」

「ほう……」

「我々が岸田家にこだわる理由、おわかりいただけましたか？」

俺はこれには答えず、いったん窓の外に目を移し、そのままの姿勢で尋ねてみた。

「安藤さんは、なぜすぐに岸田さんのことを話さなかったのですか？」

「そのことですか」

高野はふふんと鼻を鳴らし、苦笑を浮かべながら顎をこすった。「相手が有名な人物だったので名前を出しづらかったということですが、どうなんでしょうね。あの人もちょっと変な人です」

刑事は何かを含んだ言い方をした。

俺は目まぐるしく頭を回転させていた。警察はどの程度まで摑んでいるのだろう？それによっては、出方を変えなければならないかもしれない。最悪の場合は――俺はそこまで考えをめぐらせた。

やがてマークⅡは岸田家の前に到着した。俺と高野が降りたあと、小田がハンドルを握ったままでいった。「車を派出所の駐車場に停めてきます」

車が走り去るのを見て、俺は嫌な予感がした。彼らの用というのが、短時間では済まないらしいとわかったからだ。

「ドウダンツツジですね」

横に立っていた高野が、ふいにいった。刑事は岸田家の生け垣を触っていた。そしてその葉を一枚つまみ取った。

「生け垣はいいです」と高野はいった。「ブロック塀はよくない。大きな地震が来た場合には凶器になる。東京都では生け垣を奨励しているところが多いはずですよ」

なぜ刑事がこんな話を出したのか、見当もつかなかった。刑事はニヤニヤしている。

俺は何も答えず、岸田家のチャイムを押した。

玄関先に現われた夫人は、俺の顔を見て救われたように頰を緩めたが、後ろに刑事がついているのに気づいて、すぐに憮然とした表情に変わった。疫病神を連れてきたというわけだ。

「伺いたいことがあるんですよ」と刑事はいった。

ちょうどこのとき、チャイムの音を聞いたらしく、雅美と隆夫の二人が二階から下りてきた。雅美は帰る支度をしている。俺は隆夫と共に階段を上がろうとした。

「勉強のほうは、少し待っていただけませんか？」

高野刑事が俺の背中に声を投げてきた。俺が振り返ると刑事はにっこりとし、続いてその顔を雅美に向けた。「あなたにも待っていただきたいんですよ。遅くなるようでしたら、送らせていただきますから」

雅美は俺のほうを見た。俺は刑事を見た。

「皆さんにお話があるんですよ」と彼はいった。「とても重要な話です」


〈夜〉

拓也が運転するワンボックス・ワゴンは主要道路を離れ、暗いほうへと進んでいた。車体がゴトゴトと揺れることも多い。おそらく舗装も充分ではないのだろう。

「もういいんじゃないか」

あたりの闇に気圧されたように正樹がいった。「このあたりなら、死体を埋めるのに不足ってことはないと思うぜ」

「あたしもそう思うけど」

後部から、あたしも拓也に声をかけた。

拓也はすぐには返事せず、慎重なハンドルさばきをみせる。スピードの加減にも余念がない。かなり細い道を通過しているようだ。

「このあたりに来たことはありますか？」

操作が一段落したところで拓也が訊いた。

「いいや」と正樹は首をふった。

「雅美は？」

「あたしもないわ」

「だろうな」

またしばらく無言で拓也は車を走らせた。民家の灯りはほとんど見えない。どこをどう走っているのか、あたしにはまったくわからなかった。

「今は暗くてよくわかりませんがね、このあたりは宅地化が進んでいるんですよ。いつ、ブルドーザーで掘り返されるか、わかったものじゃない。こんな所に埋めたと知ったら、建築家の岸田さんあたりは、埋め直しに行くといいだされるかもしれませんよ」

「ふうん、そうなのか」

正樹が感心したように何度も頷いた。「まさか親父がそんなことをいいだすとは思えないけど、掘り返されるってのはまずいよな」

「まずいです」

そういって拓也はさらに車を進めた。

それから何十分か走って、ワンボックス・ワゴンは停まった。車一台通るのが精一杯という山道だ。両側には林が迫っている。

拓也と正樹が車から降り、あたしも続いた。降りるとき、前の座席からチューインガムを取って口に入れた。ミントの香りが口の中に広がった。

外は意外に明るかった。月の光に照らしだされているのだ。

「死体を埋めるのには、どれぐらい時間がかかるかな？」

正樹が訊いた。拓也は煙草に火をつけ、運転の疲れを癒やすように深々と吸ったあと、

「早くて二時間。下手をすれば夜明けになりますね」といった。

〈今〉

応接間に全員が集まった。いや、集められたというべきかもしれない。岸田夫妻に二人の息子、そして雅美と俺がソファに座った。高野と小田は壁際に立っている。

「本当のことを教えていただきたいんですよ」

高野は、ひとりひとりに目線を配った。創介氏は瞼を閉じている。夫人と隆夫は俯いている。

「あの日、安藤由紀子さんはこの家に来られたのでしょう?」

俺は思わず刑事の顔を見た。その言葉があまりに自信にあふれていたからだ。その自信がどこから来るものなのか、俺は必死で考えてみた。だが何も思い当たらない。

高野刑事と目が合った。やつが一瞬笑ったような気がした。

「岸田さん」と高野は創介氏の前に立った。「あなたは安藤さんにこういっている。由紀子さんと会う約束はしたが、実際に会ってはいない——本当ですか?」

「本当です」

きっぱりとした調子で創介氏は答えたが、膝の上で固く握りしめられた両方の拳は、俺が見ても不自然だった。

だがここでは何もいわず、刑事は夫人の前に移動した。

「奥さん、あなたは安藤由紀子さんなど知らないといわれた。それは今でも変わりませんか?」

夫人が唾をごくりと飲むのがわかった。細い喉が上下したのだ。そして、「はい、変わりません」——悲愴感にあふれている。お上品で気の小さい人間ばかりだ。芝居のひとつも満足にできやしない。

刑事は隆夫の前に立った。隆夫は亀みたいに首をすくめている。顔は真っ白で、耳は真っ赤だ。

刑事はこの痛々しいお坊っちゃんには何もいわず、また元の位置に戻った。そして再び全員を見渡しながら、背広の内ポケットに手をつっこんだ。彼が取りだしたのは、小さなビニール袋だった。

「死体は顔と指がつぶされていました。たぶん身元が判明するのを恐れたからだと思うのですが、どうせなら衣類もはがしておくべきでした。何事も中途半端はいけません」

刑事はとくに俺を見ていったわけではなかったが、それでもどきりと胸が跳ねた。

「被害者は靴を履いていたのですが、これはその中に入っていたものです。どうやら植物の葉っぱらしい。発見された場所が場所ですから、葉っぱの一枚や二枚入ってたところでどうということもないのですが、木の種類を調べたら無視できなくなりました」

高野が咳ばらいをすると、何人かがびくりと身体を動かした。

葉っぱか……。

はっと息を飲んだ。葉の正体がわかったからだ。それでこの刑事、あんなことを……

俺は唇を噛みたくなるのを我慢した。

「これはね、ドウダンツツジなんですよ」

手品の種明かしをするみたいに高野はいった。そしてやはり手品師がするように皆の反応を待つ。一拍後、創介氏が、「あっ」と露骨に驚いた。

高野は満足そうな笑顔を見せた。「そうです。この家の垣根にも使ってあるドウダンツツジですよ。先日お邪魔したときに、葉っぱを一枚失敬しましてね、比較してもらったところ、同じ条件下で生育した可能性が強いということでした」

ここでまた彼は皆の反応を見た。そして誰も声を出さないことを確認すると、再び口を動かしはじめた。

「もちろんドウダンツツジなんてどこにでもありますよね。しかし、こう条件が揃ってくると、偶然とばかりはいえないいんじゃないですか？」

またしても重い沈黙が襲ってくる。俺は静かに沈んでいく船を思い浮かべていた。いったいどこから歯車が狂いだしたのだろう？

自分の出したカードが期待どおりの効果をもたらしたせいか、高野は余裕のある顔つきでビニール袋をポケットにしまいこんだ。その瞬間、ドウダンツツジの話など嘘ではないかという考えが俺の頭をかすめた。だがすぐに、今さら騒いだところで遅いのだということに気がついた。

高野はビニール袋をしまったが、代わりに小さな紙を二枚出してきた。写真のようだ。その写真を持って、彼は俺のほうに歩いてきた。

「安藤由紀子はこの家に来たに違いないと確信したのはね、あなたの言葉を聞いたからなんですよ」

「僕の？」と俺は目をみはった。そんなはずはない。

「そんなはずはないという顔ですな」

　刑事はニヤリと唇の端を歪めた。「先程あなたに写真をお見せしましたね。するとあなたは即座にお答えになった。これは安藤さんから見せられた写真だとね。何週間も前にちらりと見せられただけなのに、よく覚えておられましたね」

「記憶力には多少自信があるんですよ」

「しかし一回写真で見ただけの顔を、そこまで正確に覚えておられるものですかね」

「顔だけじゃないですよ。写真全体を見て、思い出したんです。構図だとか、景色だとか」

「じゃあ顔だけではわからなかったわけですか？」

「そういうことです」

「それはおかしいですね」

　高野は声高にいった。そして手に持っていた写真のうちの一枚を、俺の顔の前に差しだした。

「これは先程あなたにお見せした写真ですよね？」

俺はじっくりと見てから頷いた。間違いない。

「やはりあなたは嘘をついている」

刑事が突然大きな声を出した。その声があまりに響いたので、俺は一瞬いい返す言葉を見失った。その間に刑事がさらにいった。

「じつはね、この写真は安藤さんがあなたに見せたものじゃないんですよ。安藤さんが見せた写真はこちらです」

彼はもう片方の手で二枚目の写真を出した。それを見た瞬間、頭に血が上るのを感じた。

その二枚は全く別の写真だった。どちらにも安藤由紀子が写っているのだが、一方は笑っているが、もう一方は笑っていない。おまけに、色調や風景も全く違う。

「あなたはこの別の写真を見て、安藤さんに見せられたものだといった。なぜそういったのか？　それは、そこに写っていた人物が同一だったからにほかならない。顔だけではわからないといったあなたが、顔だけでそう判断しているのです。あなたは安藤由紀子の顔を非常によく覚えている。しかし覚えていないフリをしようとした。なぜそんな嘘をつく必要があったのですか？」

二枚の写真と、その間の刑事の顔に目を向けながら、俺は返答に詰まっていた。いや、もう返答する気もなかった。頭が熱くなりながらも、どこか冷めた部分で、やられたなと思っていた。夫人から電話をもらい、刑事が安藤の持っていた写真を見せにきたという話を聞いていたため、てっきり自分にもその写真を見せるものと思いこんでいたのだ。

俺が返答しないことを知ると、刑事は離れた。そして皆に向かっていった。

「安藤由紀子さんがこの家に来たことは明白なのです。彼女はそれ以後消息を絶ち、何週間か後に死体となって発見されました。つまりこの家で彼女の身に何かがあったとしか考えられない。それは何だったのか？　我々は最悪の事態を考えるしかない――」

彼はここで言葉を切り、誰かが声を発するのを待った。だが皆が固く唇を閉ざしているのを見ると、今までとはうってかわった暗い声で、

「ルミノール反応というものがあります」といった。「ルミノール溶液と過酸化水素水との混合液を血液に作用させると、触媒作用で発光するのです。血痕の識別が困難な場合や、広範囲の現場から血痕を調べるときなどに使います。この方法を用いると、一万から二万倍に薄めた血液でも検出可能です。肉眼では全く見えない場合、たとえばタワシでこすって洗った場合でも、その血痕はわかるというわけです」

ざわっと、全員の鳥肌が立つような気配がした。その手応えを感じたからか、高野刑

事はさらにいった。

「わかりますか？　我々が本気になれば、この家の中のどの部屋で殺人が行なわれたかを見抜くことさえ可能なのです」

この言葉は止《とど》めの一言として有効だった。沈黙を破り、誰かが嗚咽の声を上げた。それは時枝夫人だった。

「わたしです。わたしがあの人を殺したんです」

はっとして俺は彼女を見た。創介氏や息子たちも驚いている。そのようすに高野が気づかないはずはなかった。彼は夫人の手を取ってゆっくり立たせると、彼女を小田刑事に任せ、再び全員を見渡した。

「真相はすぐにわかります」と彼はいった。

「奥さんの供述、そして皆さんの話を照合すればね。罪をかぶった人を逮捕するほど我々は愚かではない」

そして高野は小田に目線を投げた。小田は夫人を連れて部屋を出ていこうとする。その瞬間、堰《せき》を切ったように泣きだした者がいる。目を向けるまでもない。隆夫だ。

「ぼ、僕です……僕です」

隆夫はテーブルに突っ伏して泣きわめいた。創介氏らの苦渋に満ちた表情は、これこそが真実であることを物語っているようだった。

「隆夫、何をいうの」

夫人が叫んだが、小田がそれを制した。

高野は隆夫の前に立ち、見下ろして訊いた。

「君が安藤由紀子さんを殺したのだね？」

隆夫は、両腕の中に顔をうずめたままで頷いた。「ぼ、僕……殺す気なんかなかったんです……」

俺は隣りの雅美を見た。雅美も俺を見ていた。

最悪だな——お互いの目はそう語っていた。

隆夫が捕まった翌日の夕方、小田刑事がやってきて署に来てほしいといった。だいたいの話は昨日岸田家でしたはずだが、正式な調書を作成するためには出頭しなければならないらしい。

「ほかの人の取調べは終わったのですか？」

小田の車に乗ってから、俺は訊いてみた。

「ほとんど終わりました」と小田は答えた。

「証言に矛盾する点はあったのですか？」

「いや、ほぼ一致していました」

小田は真っすぐ前を見たままだ。相変わらず何を考えているのかわからない男だ。

署に着くと、早速取調室に連れていかれた。狭くて臭い部屋だ。五分ほど待つと、高野刑事が姿を見せた。口元にかすかに笑みを浮かべているのが何となく気になった。

「事件を整理してみましょう」

住所、氏名等を改めて訊いたあと、高野はまずこういった。「事件の発端は、じつにたあいのないことだったようですね。たあいのないことで、安藤由紀子と岸田隆夫はいい争いを始めた」

「そのようですね」と俺は合わせた。

「そのうちに岸田隆夫は由紀子さんを突き飛ばした。由紀子さんはそばのサイド・テーブルに倒れこんだが、そのときテーブルの上には果物を盛った皿が置いてあり、運悪く彼女の胸にナイフが刺さってしまった。彼女の胸から血があふれ出るのを見て隆夫は悲鳴を上げ、その声を聞いて皆さんがかけつけた」

「そういう話でしたね」と俺はいった。「でもそれが真実かどうか僕にはわかりませんよ。悲鳴を聞いてかけつけたとき、彼女の胸にナイフが刺さっていて、隆夫君が呆然と立ち尽くしていたのは事実です。もしかしたら彼が彼女の胸に突き刺したのかもしれないけれど、僕たちにはわからないことです。ただ、隆夫君の性格からしてそんなことは考えられなかったので、結局は彼の言い分を信用することになりました」

あの場には、隆夫の言葉を疑う空気など全くなかったのだ。

「由紀子さんの状態を見たのはあなただということですが、それは本当ですか？」

「ええ。中退ですが、僕は医学部に籍を置いていたこともあるので……手遅れだと判断し、岸田さんたちにもそう伝えました」

「医者に見せる余地は全くなかったのですか？」

「僕としては無駄だと思いました。もちろん岸田さんの判断に任せるつもりでしたが」

「岸田さんはどういう判断をされたのですか？」

「何とも」と俺は首を横にふった。「逆に訊かれました。どうするべきか……と」

「それであなたは何と？」

「警察に届けるべきだといいました。当然でしょう？」

俺は高野の顔を見た。彼は俺と目が合うと、すっと横にそらせた。そのしぐさが、何となく俺の心にいつまでも残った。

「警察に届けるべきだというあなたの意見を聞いて、岸田さんはどうされましたか？」

「それはできないという返事でした。そして逆に、この事件を完全に隠してしまえるよう協力してほしいとおっしゃいました」

それ以後の展開を、俺は正確に説明した。岸田夫妻に頼まれて協力せざるを得なくなった状況、死体を処理しに、遠方まで出かけていったこと。

高野はじっと宙を見据えた姿勢で俺の話を聞いていた。あまり彼の目が動かないので、話を聞いていないのじゃないかと俺は思った。それで少し話を中断してみると、緩慢な動作で顔をこちらに向け、先を促すのだった。

死体を埋めて岸田家に戻るまでを話し終えたが、高野はしばらく頬づえをついたままじっとしていた。何を考えているのか、想像もつかない。

「岸田家を出るときですがね」——ようやく刑事が口を開いた。「岸田さんから何か受け取りませんでしたか？　あなたか、あるいは正樹さんが」

何か受け取る？

俺は記憶の糸をたぐってみた。あの夜のことは明確に覚えている。ダンボール箱を運んで、それから……。

「ああ」と俺は頷いた。「チューインガムをもらいましたね。眠気ざましとかで」

「たしかですか？」

「ええ……それが何か？」

「いや、単なる確認です」

刑事はごほんごほんと咳をした。ずいぶんわざとらしく聞こえた。

「ところで安藤和夫氏ですがね」

刑事は話題を変えてきた。「妹さんの住所録で岸田家のことを知っただとか、メモを見て、あの日由紀子さんが岸田さんと会う約束をしていたことを知ったとかいってますがね、どうもその肝心の住所録もメモも持っていないんですな。それで問いつめたところ、意外なことを白状しましたよ」

「意外なことって？」

「安藤氏はときどき由紀子さんと連絡を取りあっていたらしいんですが、あるとき由紀子さんから妙な話を聞かされたそうです。それは、建築家の岸田創介から金を絞り取れるかもしれないという話でした。安藤氏によると、彼らの父親である安藤喜久男《きくお》氏はかつて岸田創介氏と一緒に仕事をしていたことがあるらしいんです。その頃に二人で画期的な建築技術を考えだしたのだが、喜久男氏のほうは若くして事故で亡くなってしまった。何年かたって岸田氏はその技術を元に、名声を得ていったわけですが、安藤家のことはすっかり忘れてしまったようすだ。そこで由紀子さんは、岸田家の財産の何パーセントかをもらう権利があると、常日頃からいっていたそうです。つまり由紀子さんは、最初からそのつもりで岸田家に接近したことになる」

「興味深い話ですね」と、俺はあまり興味のない顔でいった。

「それで和夫氏は、妹が行方不明になった途端、岸田家に関係しているに違いないと考えて、いろいろとカマをかけたりもしたんだそうです。その結果、やはり自分の推理に間違いはないと確信したようです」

執拗に安藤が食い下がってきた理由が、これでわかった。そういうことだったのか。

「問題はここなんですがね」

高野は改まった口調になった。「由紀子さんは、いったいどうやって岸田家から金を絞り取るつもりだったのでしょうね？　和夫氏の話によると、弱みを握ってそれをネタに強請《ゆす》るようなことをいってたということなんですが、その弱みとは何だったのでしょう？」

俺は答えなかった。俺に答えられるはずがないという態度を示しているのだ。

「どうなんでしょう？」

刑事はもう一度訊いてきた。

「僕にはわかりませんよ。でもそのことは今度の事件とは直接関係ないんじゃないですか。隆夫君が自白したとおり、由紀子さんが死んだのは、ほんのはずみとしかいいようがない」

「そうでしょうかねえ」

「違いますか？」

俺がいうと、高野は少し黙り、肩をほぐすように首を二、三回動かした。ポキポキという軽い音が聞こえた。

「私はねえ、こう思うんですよ。由紀子さんがもし今生きていたら、岸田家を強請るだけのネタを持っていたんじゃないかと」

「……意味がわかりませんね」

「つまり、岸田隆夫が人殺しをしたという事実を摑んでいるわけでしょう？　それをネタに強請ることができる」

「馬鹿馬鹿しい。殺されたのが由紀子さんなんですよ」

「だから」と刑事はまた首を動かした。今度は音がしなかった。「だから、もしそのときに死んでいないのだったら……死んだふりをしていただけだとしたら、どうでしょう？」

「………」

「死んではいなかったのですよ。そのときはまだ」

「……何を根拠にそんなことを……」

「ガムです」

「ガム？」

「ええ。じつは、死体の食道にはチューインガムが詰まっていたのです。ところが隆夫君に聞いても、由紀子さんがガムをかんでいたことなど知らないという。ガムは、あなたと正樹さんの二人が死体を処分しに行く前、創介氏が正樹さんに渡したんでしたよね。そのときに死体だった由紀子さんが、なぜそのガムをかむことができるんですか？」

「………」

俺が黙っていると、高野はさらに付け加えた。

「正樹さんが、つい先程告白されましたよ」


〈夜〉

空気は冷たく、思いきり吸うと頭の奥にしみ入るようだった。

あたしは思いきり身体を伸ばした。車の中では出ていたものの、それまではずっとダンボール箱の中にいたのだ。

それにしてもうまくいった。

拓也から最初にこの計画を聞かされたときは、現実離れした印象しか受けなかった。うまくいくはずがないと思った。だが拓也の熱い口調に引きこまれて、結局やりとげてしまった。

『八木雅美《やぎまさみ》』という名前で、拓也とともに岸田家の家庭教師にもぐりこんだのは一週間前だった。カルチャー・センターの事務をしていた頃に英会話講師になろうと勉強したのが役に立ったわけだ。

一週間目の今日、かねてからの計画を実行に移した。

あたしは岸田家に行く前に果物ナイフとリンゴを買っていった。おみやげに買ってきたから勉強が終わったら食べようという言葉に、隆夫は子供っぽく喜んでいた。

そして食べるときになって、あたしは隆夫にリンゴの皮をむいてみろといった。彼は顔をしかめ、嫌だといった。予想したとおり、お坊っちゃんにはリンゴの皮もむけないのだ。

リンゴの皮から発展させ、さまざまな例を持ち出してあたしは彼のことを笑い、罵った。何もできない世間知らずの坊や――。

隆夫がヒステリックな性格だということは最初からわかっていたし、この何日間かで確認もしていた。彼の反応は、あたしの分析どおりだった。やがて顔を真っ赤にした彼は、欲求不満の猿みたいに喚きながらあたしの髪をつかんだのだ。あたしが抵抗すると、注文どおりに暴れてくれた。あたしは突き飛ばされたふりをし、そばにあったテーブルに倒れかかっていった。そしてそこには果物とナイフが置いてある——。

あたしの下着と胸の間には、発泡スチロールの小さな箱が入れてあった。その箱の中には、百CCほどの血を入れたビニール袋を仕込んである。血はもちろんあたし自身の血だ。今日、拓也に抜いてもらったのだ。拓也は元医学生だけに、注射器の扱いにも慣れていた。

テーブルに倒れた拍子にナイフを自分の胸に突き刺したあたしは、呻き声を出しながら床に崩れた。ナイフは発泡スチロールの箱に刺さり、ビニール袋を破っていたので、みるみるうちにあたしの胸は血で染まっていった。

隆夫が叫び、タイミングよく拓也がかけつけてきた。拓也は、誰もあたしに近づけさせないようにしながら、じつに見事に全員を罠に陥れたのだった。

あとは手筈どおりに正樹と三人で家を出た。正樹も、馬鹿息子にしてはよく芝居したほうだろう。

星空が奇麗だ。

あとは、少し様子をみてから匿名で岸田創介を威すだけだ。岸田はあたしの父の功績を横取りして大きくなったのだから、あたしが彼の金をもらうのは当然なのだ。

金が入ったら、和夫兄ちゃんにも何か買ってあげよう。

〈今〉

俺と由紀子がバーで会ったのは、あいつがカルチャー・センターの事務員をしていた頃だ。俺は一応学習塾で働いてはいたが、大した実入りもなく、しけた毎日を送っていた。

俺には河合雅美という恋人がいたが、遊びのつもりで由紀子と付き合ったのだ。ところが由紀子のほうは俺に夢中になりだした。由紀子は意外に貯金を持っていたのだが、俺のためにいくらでも使ってくれる。俺はちょっとした金づるを捕まえた気分だった。

やがて貯金がなくなると、由紀子はホステスを始めた。俺のために稼ごうということらしい。そういう意味では、殺すには惜しい健気な女だった。

だが妊娠し、結婚を迫られては、そんなことをいっていられなくなった。また、別れ話を持ちだそうものなら、無理心中に追いこまれかねない殺気が由紀子にはあった。

何とかしなくては——そんなことを思っていた頃に、岸田創介のことを由紀子から聞いた。何とか弱みを握ってやりたいから、力を貸してほしいと頼まれもした。

　俺は断わりきれず、何となく岸田家の調査をはじめた。そのうちにいろいろと面白いことがわかってきた。そのひとつが隆夫のことだ。両親の期待を背負って勉強勉強と責めたてられているが、とにかく家庭教師が長続きしない。病的なヒステリーで、コンプレックスを刺激されたりすると、あたりかまわず逆上するらしい。ちょうどこの頃も、岸田家は家庭教師を探していたのだった。

　正樹のことも興味深かった。創介氏の前夫人の息子で、どうしようもない馬鹿息子だ。異母兄弟の隆夫のことも毛嫌いしている。

　これだ、と俺は思った。そして由紀子に計画を持ちかけた。

　隆夫を殺人犯に仕立てて金を強請り取るという考えに、由紀子も同意した。だがどうしても正樹の協力がいる。俺はそれとなく奴に近づき、計画を話した。

　奴は乗ってきた。弟を陥れることもそうだが、強請り取った金を折半するというほうに食指を動かされたらしい。どうやら小遣いに不自由していたようだ。

　ただ由紀子にはもちろんだが、正樹にも、俺の本当の計画は話していなかった。それを話してあったのは雅美だけだ。

俺と由紀子は別々に岸田家を訪問し、それぞれ数学と英語の教師として採用された。隆夫の悪評が広まっており、希望者がほかにいなかったのだから当然だ。

俺のほうはそのままだが、由紀子には偽名を使わせた。世間は狭い。後々、安藤由紀子が生きていることを岸田家の人間に知られてはまずいというのが、その理由だった。

偽名は八木雅美とした。名前のほうに、咄嗟に本当の恋人の名前をつけてしまったのは苦笑ものだが、まあいいだろうと思った。そしてそれからは、誰もいないところでも雅美と呼ぶよう習慣づけることにした。

計画はすべて順調にいった。しかし最後の最後で、俺は俺だけが知る筋書きに運んでいった。驚いたのは正樹だ。

このほうが完璧なんだ、と俺は正樹にいった。どうせ隆夫がやったことになるんだ。俺たちには関係ない。すると正樹は震えながら頷いた。臆病さが気にかかったが、自分も共犯だということを肝に銘じていれば大丈夫だろうと思った。

翌日からは本物の雅美――河合雅美を隆夫の家庭教師として岸田家に出入りさせた。彼女は僕の恋人で、秘密は絶対に守ってくれますと、岸田夫妻には太鼓判を押した。

雅美といえば、由紀子が偽名を使っていたことも岸田夫妻には報告しておいた。持物から判明したことにしたのだ。本名を教えると、創介氏は少し顔色を変えたようだった。なぜ偽名を使ったのだろうともいわなかった。どうやら由紀子の父親のことを思い出して、適当に想像したようだった。父親の仕返しをするために、偽名を使って近づいてきたのでは——ぐらいのことを考えたのかもしれない。

あとは時機を見て強請るだけだった。その方法についても、綿密な計画を立ててあったのだ。

今度の計画で最も大事なことは、俺と由紀子の関係、由紀子が岸田家に出入りしていることが、あとで発覚しないことだった。そのために俺は細心の注意を払った。

しかしじつにつまらないことが原因で計画は破綻した。由紀子がまさか兄貴に漏らしていたとは。

俺はあいつがもう少し賢い女だと思っていたのだった。

〈夜〉

拓也の完璧主義には頭が下がる。

本当ならわざわざこんなところへ来なくても、どこかで時間をつぶしていればいいのだ。それを本当にこんな場所まで来たということは、岸田夫妻に説明するときに、矛盾が生じたりしないためだろう。

凝り性なのかもしれない。拓也にはそういうところがある。

「さあ」と拓也が大きな声でいった。「死体を埋めるとするか」

あたしは笑った。拓也も笑っていた。

「シャベルに少し土をつけといたほうがいいかもしれねえな」

正樹がいった。彼も拓也の影響で、少しは考え深くなったみたいだ。

「いや、それはまだいいですよ」

拓也は笑いながらゆっくりとあたしに近づいてきた。キスしてくれるのかな、とあたしは一瞬思った。

「掘るのは後ですよ」

彼は右手に何か持っていた。何だろう？　それに、掘るって何を掘るんだろう？

彼の笑いがふっと消えた。

なぜ笑わないの？

なぜナイフを持ってるの？　なぜ……？

次の衝撃の瞬間、あたしは思わずガムを飲みこんだ。

一九九〇年七月　単行本　（光文社）
一九九四年一月　光文社文庫

光文社文庫

犯人《はんにん》のいない殺人《さつじん》の夜《よる》　新装版

著　者　東《ひがし》　野《の》　圭《けい》　吾《ご》

1994年１月20日　初　版１刷発行
2024年２月10日　新装版９刷発行（通算75刷）

発行者　三　宅　貴　久
印　刷　萩　原　印　刷
製　本　ナショナル製本

発行所　株式会社　光　文　社
〒112-8011　東京都文京区音羽1-16-6
電話　(03)5395-8149　編　集　部
8116　書籍販売部
8125　業　務　部

ISBN978-4-334-77979-5　Printed in Japan

組版　萩原印刷